Le Chant des Anges

Le Chant des Anges

Folco Chevallier

Timée Éditions

Pour Caroline et notre joyeuse grande famille

Ô Temps, suspends ton vol...
Lamartine

MÉCANIQUE QUANTIQUE
PREMIÈRE EXPÉRIENCE DE TÉLÉPORTATION
19 SEPTEMBRE 1997

Le 19 septembre 1997, une équipe de chercheurs de l'université d'Innsbruck annonça avoir réussi à effectuer la première expérience de téléportation quantique au monde.
Cette expérience consistait à faire passer une information entre deux photons.
Il fut impossible de mesurer le temps de transmission de l'information entre ces deux photons, car il était nul.

En 2004, deux équipes de physiciens, l'une américaine, l'autre autrichienne, réussirent à téléporter de l'information entre deux atomes.

Première partie
Résurgence

Muncie, Indiana (USA) – lundi 26 mai, 19 heures

La cloche avait sonné 19 heures et elle s'apprêtait à mettre la table.

D'un instant à l'autre, il allait revenir d'une longue journée de travail.

Elle sortit du vaisselier en chêne massif deux assiettes ainsi que les couverts, les posa sur la grande table du salon, un peu vide depuis que les enfants étaient partis, ailleurs, vivre leur vie. Puis elle y ajouta deux grands verres en cristal ainsi qu'une belle carafe.

Ce soir, elle voulait comme un air de fête à sa table, animée par le désir tout simple de rompre un peu les habitudes.

Elle regarda au-dehors en soulevant les persiennes du salon et fut heureuse de voir le véhicule s'engager dans le petit chemin de terre qui menait à la ferme. Dans quelques minutes, elle pourrait le serrer dans ses bras, comme elle le faisait tous les soirs à la même heure depuis déjà plus de trente ans. Il la soulèverait alors par la taille et la ferait tournoyer, puis ils riraient comme deux gamins, et il lui conterait toutes les misères qu'il avait pu vivre au travail et son bonheur de la retrouver.

Elle alluma la radio pour égayer cette arrivée. Elvis y chantait *Only You*. C'était parfait !

Alors qu'elle allait sortir sur le perron, son attention fut attirée par un craquement vif dans le salon. Elle se retourna et constata avec contrariété qu'un des verres en cristal était ébréché. Non. Pas ébréché. Les morceaux manquants étaient en fait au pied du verre. Elle les ramassa avec une petite pelle et se dirigea vers le vaisselier pour le remplacer.

Mais arrivée sur le seuil de sa cuisine, elle entendit un nouveau craquement. Elle posa la pelle ainsi que le verre ébréché dans le lavabo et retourna au salon.

« Décidément, je ne vais pas arriver à accueillir à temps l'homme de ma vie sur le perron, aujourd'hui. »

Sur la table, le second verre en cristal était maintenant légèrement fendillé. Tout comme la carafe. Rien de spectaculaire, à peine une légère ébréchure d'un petit centimètre... mais assez pour renvoyer verre et carafe en cuisine.

Elle ne comprenait pas comment ceci avait pu arriver. Elle n'avait aucun animal domestique à la maison, les intrusions d'animaux sauvages étaient inexistantes dans la région, la ferme était suffisamment isolée pour échapper à tout trafic aérien et, à sa connaissance, ils n'étaient pas dans une zone à risque sismique.

De sa main droite, elle saisit le verre et constata que la fente s'était allongée. Curieusement, le récipient était très chaud et elle eut l'impression qu'il vibrait entre ses doigts. Son regard se porta alors sur la carafe. Elle aussi se fendillait maintenant sous ses yeux ! Une fente toute droite, quasi parfaite, qui partait du bec pour venir toucher le fond.

Ce fut le verre qui explosa le premier.

Une infinité de cristaux minuscules furent projetés brutalement dans le salon. Comme si le verre avait été broyé par une main invisible. Puis ce fut au tour de la carafe, suivie par tout ce que pouvait contenir le vaisselier. Pour finir par toutes les vitres de cette jolie ferme, perdue au fin fond de la campagne d'Indiana.

Sous le fracas du verre et du cristal brisés pointaient maintenant deux hurlements de terreur.

Los Angeles, Californie – mardi 27 mai, 8 heures

Partout.

Elle la voyait partout.

Au détour d'un couloir, d'une rue, ou noyée dans la foule.

Elle en était sûre, elle allait la revoir.

Elle était peut-être partie depuis maintenant combien ? Trois doigts de la main ? Mais un jour, elle reviendrait. Papa pensait qu'elle ne rentrerait jamais de son grand voyage, mais il se trompait, c'était IMPOSSIBLE. Une maman ne quitte pas comme ça pour la vie une petite fille de sept ans. Ça ne s'est jamais vu. Non, il lui était arrivé quelque chose, et elle avait sa petite idée : maman avait perdu la mémoire. Par un phénomène incroyable et mystérieux, elle avait été frappée d'amnésie et s'était égarée au cours de son voyage dans les rues de la ville. Petit à petit, elle avait bien essayé de récupérer sa mémoire, elle connaissait peut-être à nouveau son nom, mais elle ne savait toujours pas où elle habitait !

Elle, Juliette, elle saurait la reconnaître et elle la ramènerait à la maison.

Alors dès qu'elle sortait, pour aller à l'école, au parc, ou pour faire des courses, c'était « super-observation » ! Comme si elle avait développé un super-pouvoir qui lui permettait de tout emmagasiner, de voir chaque détail, de mémoriser chaque visage.

Elle se sentait l'âme d'une super-héroïne à qui rien ne résiste.

Et ça, ça lui plaisait.

Donc aujourd'hui, en allant à l'école, comme tous les matins, Juliette observait les passants. Intensément. Son papa avait beau la gronder régulièrement : « On ne regarde pas les passants avec insistance », elle désobéissait sans la moindre hésitation et ne comptait pas s'arrêter là. Maman s'était peut-être coupé les cheveux ? Avait changé leur couleur ? Essayé un nouveau maquillage ? Il fallait être très attentif, car elle pouvait la rater. Et justement, il était de son devoir de ne pas la rater. De ramener maman à la maison et de voir enfin un sourire sur le visage de papa.

Un sourire.

Il y en avait eu si peu depuis sa disparition !

Et des rires. Des fous rires, même ! Oui, des fous rires qui ne s'arrêteraient pas !

Du matin au soir.

Et du soir au matin.

Ça, ça serait très bien.

Le seul problème qu'elle avait actuellement, c'était que papa allait trop vite avec sa belle voiture rouge. Ça lui laissait vraiment trop peu de temps pour s'assurer qu'elle n'avait pas raté sa maman à un moment ou à un autre du trajet. Alors elle collait bien son visage contre la vitre et gardait ses yeux grands ouverts en s'aidant de ses doigts. Elle ne devrait vraiment pas être très jolie, et les passants devaient certainement penser qu'elle leur faisait la grimace. Mais tant pis, il fallait bien ça pour pouvoir enregistrer dans son super système d'observation tout ce qui défilait à vive allure devant elle.

Elle jeta un œil vers papa. Comme d'habitude, il était pendu au téléphone.

— J'arrive dans dix minutes au bureau, Mélanie. J'ai relu la nouvelle version du contrat et j'aurai encore quelques corrections à faire passer à nos avocats. Vous pouvez les prévenir ?

— Papa, tu peux conduire un peu moins vite, s'il te plaît ? J'ai mal au cœur.

C'était le seul petit truc qu'elle avait trouvé pour tenter de ralentir un peu le rythme.

— Écoute, ma chérie, je dois vraiment accélérer : j'ai un rendez-vous très important au bureau et je suis déjà en retard.

La Ferrari se faufilait maintenant avec habileté dans le trafic étonnamment peu dense de downtown LA pour une heure pareille.

Léo adorait son dernier petit joujou : une Ferrari F430 Spider dernier cri 490 chevaux, dont seulement dix exemplaires avaient été fabriqués à date, principalement à destination des Émirats Arabes et de la Russie. Il fallait compter un an et demi d'attente pour posséder une Ferrari dans son garage, encore plus pour se procurer ce pur-sang. Autant dire qu'il faudrait un peu de temps avant qu'il ne croise un autre F430 dans les rues de Los Angeles.

Cette pensée le réjouissait. Et si tout se déroulait comme prévu aujourd'hui, il pourrait peut-être déjà réserver le prochain modèle et garder de l'avance.

Garder de l'avance.

C'était comme ça qu'il concevait une vie qui s'était jusqu'à maintenant déroulée à toute vitesse. Création d'une station de radio musicale à vingt-cinq ans. Rachat de son principal concurrent sur Los Angeles à vingt-neuf ans. Ouverture de sa première chaîne de TV câblée à trente-trois ans. Classement dans le Top 5 des chaînes TV à trente-huit ans. Premier network TV et radio de Los Angeles à quarante-deux ans.

Et tout ça comment ? En gardant de l'avance. En allant vite, plus vite que ses concurrents. Voilà son secret. Léo avait un sens inné pour détecter ce qui marcherait dans les trois, six, neuf mois à venir. Il se positionnait très en amont sur la prochaine tendance et raflait toujours la mise. Ses chaînes et radios attiraient ainsi un public toujours plus nombreux car certain de rester à la page et dans le vent. C'était comme une sorte de pré-science, même s'il récusait ce terme trop ésotérique à son goût. Il lui préférait la notion d'« intuition », à laquelle il accolait aussi le mot « vitesse ». Car tout était dans le timing. À quelques mois près, il pouvait rater une nouvelle mode et perdre durablement des parts de marché, si un de ses concurrents s'accaparait le leadership sur la tendance.

Alors, Léo allait vite. Dormait peu. Travaillait beaucoup. Jour et nuit, s'il le fallait. Peu de collaborateurs étaient capables de suivre son rythme et beaucoup jetaient l'éponge.

Sa première épouse non plus n'avait pas tenu le choc.

Et puis, il y eut Gabrielle.

L'école primaire de Juliette était maintenant en vue. Une jolie petite école en briques rouges, située dans une des plus chic zones résidentielles de LA, et qui donnait d'un côté sur une allée tranquille bordée d'arbres, de l'autre sur un immense parc privé où les enfants pouvaient conduire mille observations.

À chaque fois, Léo avait ici l'étrange sensation que le temps s'écoulait à un autre rythme.

Un rythme qui lui semblait oublié depuis bien longtemps.

— Nous y voilà ! Et pour une fois, tu es à l'heure à l'école. Tu me promets d'être sage aujourd'hui ?

— Promis juré. Je ne monterai pas sur mon bureau, je ne parlerai pas avec ma voisine, je ne pleurnicherai pas.

— Voilà qui est le propre de la petite fille modèle dont tous les papas rêvent ! Cours vite dans ta classe, maintenant ! Bonne journée, ma chérie.

— Bonne journée, papa, à ce soir !

— À ce soir, mon ange.

Il était 8 heures 15 et Léo avait rempli ses obligations familiales.

Le ciel était bien clair, aujourd'hui. Il chaussa ses lunettes de soleil, alluma la radio sur une des cinq stations qu'il possédait, et appuya sur l'accélérateur.

Son cœur se mit à battre plus fort.

Il avait un monde à conquérir.

Et il n'avait plus de temps à perdre.

9 heures 30

Un douloureux silence s'était pesamment installé depuis de longues minutes au sein de la grande salle du conseil d'administration. Autour de Léo, « le commando », comme il aimait à l'appeler – trois avocats et cinq managers qui travaillaient d'arrache-pied sur le projet depuis maintenant deux mois –, faisait grise mine.

Le dernier fax que ses cadres venaient de recevoir laissait présager que les négociations étaient au point mort.

Ce projet, Léo voulait absolument qu'il aboutisse : la fusion avec le premier network de San Francisco lui permettrait de prendre le leadership sur toute la Californie. Son terrain de jeu s'agrandirait à vingt millions de foyers.

Une occasion unique s'offrait à lui, et la rater lui semblait inconcevable.

Comme à son habitude lorsque la situation lui échappait, Léo éprouva le besoin de se lever et de rassasier ses sens en sortant sur l'immense terrasse en tek qui donnait sur la salle du conseil.

D'ici, il pouvait admirer une vue imprenable sur la ville et, au loin, l'océan.

Du haut de ses presque deux mètres, Léo impressionnait toujours ses adversaires. Car il ne fallait pas se fier à son allure de surfeur, à ses longs cheveux blonds, à ses tenues excentriques : Léo était un véritable tueur, une machine de guerre. Il ne cherchait pas à humilier ses adversaires, non, il voulait simplement le contrôle total et complet des opérations pour mener ses affaires à sa guise. Les quelques tentatives de collaboration qu'il avait pu effectuer au début de sa carrière s'étaient révélées désastreuses et l'avaient profondément meurtri. Il s'était senti dépossédé, entravé : il passait alors plus de temps à tenter de convaincre son associé qu'à partir au front et mener ses conquêtes. Et il n'aimait pas perdre son temps. Il s'était alors promis de ne plus jamais s'associer avec qui que ce soit.

— Vous devriez lâcher 5 %.

— Non, non et non. Je ne lâche rien. Nous avons assez fait d'efforts et nous mettons presque cent cinquante millions de dollars sur la table ! À ce prix-là, je ne vois pas pourquoi je céderais la majorité absolue. C'est une affaire en or que nous leur apportons sur un plateau, et en plus, ils voudraient avoir voix au chapitre ?

Léo peinait à garder son calme. De la terrasse où il s'était réfugié, sa voix grondait.

— Mais 5 %...

— C'est 5 % de trop, c'est tout ! Je ne comprends toujours pas...

— *Monsieur ? Monsieur ? Je suis désolée...*

L'interphone de la salle du conseil se mit à clignoter. Léo quitta à regret la terrasse pour prendre la communication avec son assistante, Mélanie, qui avait pourtant reçu comme instruction de ne le déranger sous aucun prétexte.

— *Monsieur, je suis vraiment désolée... elle veut absolument vous voir.*

— Qui ça, Mélanie ?

— *C'est-à-dire que... c'est votre fille...*

— Ma fille ? Mais où est-elle ?

— *Elle est ici, Monsieur.*

— Ici ? Comment ça, ICI ?

La grande porte boisée de la salle du conseil s'ouvrit bruyamment et une petite boule d'énergie pure déboula sous les yeux ahuris et amusés des cadres du groupe de Léo.

— Papa ! Papa ! Je l'ai retrouvée ! Je l'ai retrouvée ! Elle est...

— Juliette, est-ce que tu te rends compte de ce que tu viens de faire ? Tu n'es pas censée être ici !

Léo prit sa fille par le bras pour l'entraîner vers la terrasse.

— Excusez-moi. J'en ai pour une seconde.

Puis il se tourna vers Juliette :

— Écoute-moi bien, Juliette, je vais te faire ramener immédiatement à l'école et tu vas bien gentiment suivre tes cours. Mais c'est pas vrai, je rêve ! Même pas sept ans, et déjà en liberté dans les rues de Los Angeles ! Juliette, ce que tu viens de faire est très grave, tu comprends ?

— Pap...

— Tu comprends ? Il aurait pu t'arriver n'importe quoi dans la rue ! Tu aurais pu faire de mauvaises rencontres, te perdre, ou pire, te faire renverser par une voi...

Léo s'arrêta net. Devant lui, Juliette se tenait toute droite, les bras le long du corps, ses petits poings fermés, dans une jolie robe blanche à pois noirs, avec son petit cartable bleu marine sur le dos et ses souliers vernis qu'elle ne quittait jamais. Ses yeux, si rieurs il y a quelques secondes, étaient maintenant totalement embués et une larme commençait à perler le long de sa joue droite.

— Pap... Pap... papa...

— Pardon, ma chérie, mais j'ai eu tellement peur... et je suis tellement occupé aujourd'hui...

— Pap... pap... papa...

Léo jeta un œil au travers de la baie vitrée, vers ses collaborateurs et ses avocats. Tous étaient rivés à leur téléphone ou leur ordinateur portable. L'heure tournait.

— Tu es une petite fille raisonnable. Je le sais. Tu dois avoir une raison valable pour avoir quitté ton école et traversé la ville.

— Pap... Pap... Papa...

— Calme-toi, assieds-toi, je t'écoute.

— Papa ?

— Je t'écoute.

— Tu ne vas pas me gronder ?

— Non. Je ne vais pas te gronder, je t'écoute.

— Promis ?

— Promis. Mais après, je te fais ramener à l'école, et toi, tu me promets que tu ne me fais plus ce coup-là ?

— Promis.

— Alors dis-moi tout, maintenant.

— En fait, je n'étais pas à l'école ce matin.

— Quoi ? Mais comment ça ? Et l'école ne m'a pas prévenu ?

— C'était une journée libérée. Mais comme tu ne lis jamais le calendrier scolaire, je me doutais bien que tu m'emmènerais quand même à l'école.

— Bon sang !

— J'ai fait semblant de rentrer dans la cour, mais en fait, j'ai attendu que tu t'éloignes de l'école.

— Juliette, tu te souviens ? Il y a un an, tu m'as demandé de te faire confiance et de te laisser une dizaine de mètres avant l'école. Tu me disais que « ça craignait » que ton père te dépose directement dans la cour. Tu te rends compte que tu viens de trahir ma confiance ?

— Oui… Pardon, papa, mais j'avais quelque chose de très important à faire.

Le visage de Juliette recommença à s'éclairer, son corps à s'animer. Comme elle ressemblait à sa mère !

— Et qu'est-ce que tu avais de si important à faire ?

— Retrouver maman.

Léo soupira.

— Juliette, on en a déjà parlé de nombreuses fois, ma...

— Maman est là, en ville.

— Maman est partie pour un long voyage.

— Non. Maman est en ville.

Pas maintenant.

Non, pas maintenant. Il n'avait pas envie d'en parler maintenant. Ce n'était ni le lieu, ni l'heure.

— Juliette, écout...

— Et je l'ai RETROUVÉE !!!

Les yeux de l'enfant pétillaient. Elle riait maintenant à gorge déployée et sautait à pieds joints sur le bois épais de la terrasse. Puis elle bondit littéralement au cou de son père pour l'enserrer à l'en étouffer.

— Papa, j'ai retrouvé maman ! JE L'AI RETROUVÉE !

— Attends un peu, Juliette, calmons-nous, veux-tu ?

— Viens vite, je veux te montrer.

— Mais quoi ? Tu veux me montrer quoi ?

— On peut la voir partout !

— Écoute, ce n'est pas une histoire avec laquelle on plaisante.

— Mais, papa, je ne plaisante pas, on peut la voir partout. Elle est à la télé !

— À la télé ?

— J'étais dans la rue avec mes super-sens d'observation et je suis rentrée dans un magasin de téléviseurs pour suivre une piste. Et tout d'un coup, je me suis retournée et j'ai vu maman dans la télé. Je t'assure ! Ce n'est pas des blagues !

— Juliette...

— Il ne faut plus perdre de temps, papa, on doit rentrer en contact avec elle, elle peut peut-être repartir. Moi, je ne sais pas comment faire ! Mais toi, tu sais ! Tu dois m'aider maintenant, elle est tout près. PAPA ! On doit y aller, MAINTENANT !

Elle paraissait si convaincue ! Et dans sa voix pointait maintenant la détresse de perdre à nouveau la personne la plus importante de sa courte existence...

Dans la salle du conseil, les avocats de Léo commençaient à s'impatienter et pointaient ostensiblement du doigt leur montre, en regardant Léo pour lui rappeler l'urgence de la situation.

— Juliette, je n'ai pas le temps.

— Mais si, tu as le temps, tu as tout le temps, puisque je suis là !

— Non, non, Juliette. Je suis sur une affaire très importante aujourd'hui, une affaire qui peut changer notre vie, tu sais.

— Changer comment ? Qu'est-ce que ça veut dire ? Qu'est-ce qui peut être plus important que de retrouver maman ?

— ...

— Papa, tu m'entends ?

Léo resta de longues secondes à regarder sa fille, interdit, sonné par l'évidence qu'elle venait d'énoncer spontanément. « Qu'est-ce qui peut être plus important pour une petite fille que de retrouver sa mère ? » se demanda-t-il.

Rien évidemment.

Non. Rien.

Ce fut Mélanie qui, la première, osa passer une tête sur la terrasse, sous la pression insistante du « commando ».

— Monsieur, voulez-vous que je fasse raccompagner Juliette ?

— Non, pas pour le moment. Écoutez, Mélanie, j'ai besoin d'une petite demi-heure au calme dans mon bureau avec Juliette. Vous pouvez faire en sorte que je ne sois pas dérangé ?

— Bien sûr, Monsieur.

— Juliette, tu veux bien qu'on aille parler de cette affaire dans mon bureau, maintenant ?

Ce n'était pas un sourire qui éclairait à présent le visage de l'enfant, c'étaient mille soleils.

— Oui, papa !

Léo rentra dans la salle du conseil et annonça à ses collaborateurs une interruption de séance d'une demi-heure, pas plus. Il se faisait fort de calmer dans l'intervalle les angoisses de sa fille et de réattaquer, l'esprit libre, sa glorieuse marche vers la victoire.

9 heures 45

Ils étaient à peine entrés dans le vaste bureau ultra moderne de Léo, au dernier étage de la tour, que Juliette le pressait d'allumer un téléviseur.

En attendant l'ascenseur privé de Léo, elle lui avait raconté par le menu comment maman était apparue dans le poste. Elle était encore plus belle qu'avant, habillée tout en blanc, et voulait absolument parler à papa. Elle s'était inquiétée des résultats scolaires de Juliette et était visiblement contrariée qu'elle ait menti à son père pour tenter de la retrouver dans les rues de Los Angeles. Mais elle était finalement contente d'avoir de ses nouvelles. Juliette lui avait demandé pourquoi elle les avait quittés aussi longtemps, et elle n'avait su que répondre à cette question, ce qui avait renforcé Juliette dans sa conviction que sa mère avait perdu la mémoire. Elle n'avait pas su dire quand elle rentrerait non plus, ce qui avait terriblement inquiété Juliette, qui ne comprenait pas pourquoi sa mère était dans le poste et ne pouvait la rejoindre.

Il fallait donc maintenant que papa agisse au plus vite.

Léo connaissait bien l'imagination débordante de sa fille, mais cette fois, elle s'était surpassée...

Ils s'assirent tous deux sur le canapé, et Léo alluma un des quatre téléviseurs muraux avec la télécommande.

À cette heure-ci, programmes de jeux affligeants et publicités décervelées alternaient. Pendant dix bonnes minutes, Léo regarda en silence les programmes, attendant que sa fille se décide à avouer son canular.

Il ne pouvait lui en vouloir. À la disparition de Gabrielle, Juliette n'avait que quatre ans. Il ne lui avait jamais vraiment dit la vérité sur le drame qui lui avait enlevé sa maman.

Gabrielle... Elle était la seule et unique personne qui avait su donner un autre sens à sa vie, un autre rythme aussi. Gabrielle avait même réussi le tour de force de lui faire prendre une semaine de vacances par an. C'était trop lui demander que de couper le cordon avec son travail pendant ces sept jours sacrés (téléphone matin et soir avec ses managers, une vingtaine de mails et SMS échangés avec ses différentes filiales...), mais il devait avouer que cette coupure physique lui faisait un bien fou.

Pendant cette semaine familiale et à chaque instant passé auprès de Gabrielle, le temps, ce temps qu'il s'amusait tant à étirer, torturer, dominer, dompter pour ses propres affaires, le temps était si différent, avait une saveur si particulière qu'il en restait chaque fois ébahi, émerveillé. En la lumineuse présence de Gabrielle, oui, le temps s'arrêtait.

Était-ce cela, le véritable miracle de l'amour ?

Pourtant, ce fut aussi le temps, ou du moins l'incapacité de Léo à le dominer, qui lui avait enlevé cette si belle âme.

Du tourbillon hypnotique dans lequel il s'était réfugié depuis trois ans ressurgirent les images folles de cette terrible soirée...

Cette route de campagne qui n'en finissait pas... Ce dîner chez des connaissances qu'ils avaient maintes fois repoussé... La fatigue d'une semaine de quatre-vingts heures... La vitesse... L'envie d'arriver et de repartir au plus vite... Et cette ombre au milieu de la route qui surgit... « Qu'est-ce que c'est ? » « Qui c'est ? » Un chien ? Un homme ? « Attention, Léo ! » Trop vite... Il va trop vite... Il ne peut pas décider aussi vite... Son corps décide à sa place. Les mains sur le volant tentent d'éviter le choc... Son cœur s'accélère... Le véhicule fait une première embardée... Léo essaye de reprendre le contrôle... Une deuxième embardée, plus violente cette fois... Il ne domine plus la situation... C'est trop tard... Avec effroi, il voit le fossé s'approcher à pleine vitesse... Dites-lui que ce n'est pas vrai... Que tout n'est qu'un mauvais rêve... Qu'il s'est juste assoupi quelques secondes au volant... Que tout est comme avant...

Mais rien ne serait plus jamais comme avant.

Ce soir-là, Gabrielle était partie.

Et Léo était encore là.

À tenter d'une main vengeresse de rattraper sans cesse ces secondes perdues. À repousser sans cesse une franche explication avec sa fille sur les circonstances de la disparition de sa mère.

Et plus il attendait, plus l'espoir de Juliette se renforçait.

Aujourd'hui, il n'avait plus le choix, il devait tout lui dire.

Crever l'abcès.

Affronter la douleur et le désespoir de sa fille et déchirer le voile de mensonge qui s'était glissé entre eux deux.

– Écoute, Juliette...

– Là !

– Quoi, là ?

– Là, regarde ! Elle est là !

– ...

– À la télé ! Comme je te l'avais dit !

Il ne voyait rien. Évidemment. Juste un programme télévisuel sans intérêt comme son network en produisait à la chaîne.

– Coucou, maman ! Tu vois, je suis avec papa, maintenant !

– Écoute, Juliette...

— Chut, maman a des choses à nous dire.

— Juliette... Juliette... Attends, attends un peu, il faut qu'on parle, toi et moi.

Léo prit une grande respiration et s'enfonça au fond du canapé pour mieux saisir la situation. Sa fille était à ses côtés, ses deux mains sagement posées sur ses genoux, légèrement penchée vers l'avant, et les yeux rivés sur le téléviseur, comme hypnotisée.

Elle souriait.

Elle souriait comme il ne l'avait jamais vu sourire.

Cette seconde-là, pour elle, était une seconde de bonheur pur, il le sentait.

— Maintenant ? Tu veux qu'on parle maintenant, papa ? Alors que maman nous raconte son voyage ?

Pour la première fois depuis ces trois longues années où il avait tout assumé sans jamais faillir, Léo se sentit désemparé. Il ne s'était absolument pas préparé à la scène qui se déroulait sous ses yeux. Comment avait-il pu laisser sa fille glisser vers cette illusion ?

Léo se rapprocha et posa délicatement sa main sur sa joue.

— Juliette... Tu peux demander à maman une petite minute ? Nous devons absolument avoir une petite conversation, toi et moi. Maintenant... Juste une petite minute, d'accord ?

— Mais...

— Il n'y a plus de *mais*, Juliette. C'est très bien, nous sommes maintenant réunis, mais je voudrais bien te parler seul à seul.

— Papa, papa, tu n'écoutes pas... Tu n'écoutes pas ce que maman a à te dire !

Elle s'était maintenant tournée vers lui et pointait le téléviseur. Sa voix tremblait et son si beau sourire quittait doucement son visage.

C'était tout ce qu'il ne voulait pas.

— Comment peux-tu ne pas vouloir écouter maman ? Comment ? Comment ? Tu m'as toujours dit que tu l'aimerais toujours !

— Juliette, Juliette...

— Papa, tu n'aimes plus maman ?

Au coin de ses yeux noisette perlait déjà une larme.

Une seule larme.

Dans laquelle il devinait un océan de désespoir.

— Juliette, maman est la seule femme que j'aimerai toute ma vie, et tu le sais. Mais...

— Mais quoi ? Quoi ?

Il ne pouvait pas lui dire, c'était au-dessus de ses forces.

— Je ne vois pas maman à la télé, Juliette. Je suis désolé, mais je ne vois rien et je n'entends rien que des publicités, du bruit. Si vain, si vide...

Instantanément, les nuages qui commençaient à ternir le visage de Juliette disparurent et elle repoussa du plat de la main les mers ténébreuses qui pointaient au coin de ses yeux.

— Ce n'est pas un problème, papa, je vais te raconter !

— Juliette, je suis désolé de te dire cela, mais je pense que ton imagination te joue des tours.

— Elle veut que tu viennes la voir. Elle nous attend. Elle dit que la brèche est ouverte.

— De quoi parles-tu, Juliette ? Je ne comprends rien à ce que tu me dis !

— La brèche est ouverte, papa, on peut venir !

— Juliette, nous devons arrêter cette folie, maintenant.

Il la prit par le poignet. Il devait sortir de cette pièce immédiatement, car sa raison commençait elle aussi à vaciller.

Mais il sentit une résistance inhabituelle.

— C'est si beau...

Il tenta à nouveau de la tirer du canapé, mais son bras était dur comme de la pierre. Elle ne bougeait plus, son souffle était imperceptible et son regard était à nouveau rivé sur la télévision.

— C'est si beau...

— Quoi ? Qu'est ce qui est si beau ?

Juliette était blafarde, les yeux perdus dans le vague, immobile.

— Cette... musique...

Il commença à paniquer. Elle tombait en catalepsie !

– Juliette, Juliette ! Réveille-toi !
– Si beau...
– Juliette ! JULIETTE !!!
– Si beau...
– JULIETTE !!!! JULIEEEEETTTTTEEEE !!!!!!
Mais Juliette ne répondait déjà plus.

11 heures

— Franchement, je ne comprends pas.

— C'est vous le médecin, pas moi !

Le médecin se gratta nerveusement la tête.

— Merci, je le sais bien, mais là, je dois vous avouer ma perplexité. Votre fille est dans un état qui pourrait être comparable à un état de transe. C'est un état très particulier, à mi-chemin entre éveil et sommeil, que seuls les chamans, les mystiques ou les drogués profonds peuvent atteindre.

— Mais nous sommes à Los Angeles, au XXIe siècle, et ma fille n'est ni une sainte, ni une droguée, Docteur ! Dites-moi donc ce qui se passe et comment la ramener dans notre réalité !

— Je vais être franc avec vous : je n'en sais rien. Écoutez, je dois passer quelques coups de fil et consulter un ou deux collègues spécialistes. Ils auront certainement une solution.

Une heure.

Une heure que Juliette était dans la même position, sur le canapé du bureau, face au téléviseur que Léo avait éteint. Une heure qu'elle ne répondait plus, insensible à tout stimulus externe, son, lumière, odeurs. Quelle était donc la cause de cette transe ? Léo n'en avait aucune idée. Sa nervosité et son désarroi allaient grandissant, surtout maintenant que le médecin qu'il avait appelé en catastrophe se révélait incompétent en la matière.

— Bon, j'ai appelé un collègue et nous pensons tous deux que la meilleure chose à faire, si la situation ne s'arrange pas dans les deux heures, est de la placer en observation au Ronald Reagan Medical Center, en service toxicologie.

— Je n'arrive pas à croire que ma fille va partir en toxicologie !

— C'est vraiment préférable. Là, elle aura un traitement adapté qui a de grandes chances de lui permettre de retrouver d'ici quelques jours tous ses moyens.

— Elle était si heureuse, si vivante, il y a encore quelques heures !

— L'esprit est d'une sensibilité étonnante. Il suffit parfois d'un élément déclencheur minime pour qu'une véritable tempête prenne forme dans notre cerveau. Mais... attendez... Regardez !

Léo se retourna vers le canapé et vit que Juliette avait récupéré un crayon, une feuille blanche et s'était mise à dessiner. Il se rapprocha et prit sa fille dans ses bras.

— Juliette ? Tu es réveillée ?

Mais Juliette ne réagissait toujours pas, ni à ses étreintes, ni à ses paroles. D'un coup d'épaule, elle se dégagea des mains de son père et reprit son dessin comme si c'était la seule et unique chose qui comptait pour elle.

Léo se mit à observer avec plus d'attention ce qui ne lui semblait être quelques secondes plus tôt qu'un dessin d'enfant comme les autres.

Mais ce n'était pas un dessin d'enfant comme les autres.

Juliette était partie du bas de la feuille et superposait des lignes, plus ou moins pleines, comme une imprimante pouvait le faire. Au fur et à mesure qu'elle ajoutait des lignes, le motif prenait forme.

Léo identifiait maintenant clairement en bas de la page un menton, des lèvres...

C'était un visage.

Puis Léo devina des cheveux, de longs cheveux qui tombaient en cascades sur un début d'épaules...

Il connaissait ce visage.

— Juliette, c'est ta maman que tu dessines ? C'est ça ?

La fillette s'arrêta net et se retourna vers son père, le visage rayonnant, toujours sans un mot. Puis elle se remit à dessiner.

Ces oreilles si délicates. Ces yeux verts en amande au fond desquels Léo aimait tant se perdre.

Ce front bien dégagé. Ces cheveux blonds qu'elle attachait trop souvent.

« Comment une gamine de sept ans peut-elle dessiner un portrait de sa mère d'une telle acuité ? » se demanda Léo.

Le portrait semblait terminé, mais Juliette était toujours aussi absorbée. Elle pointa l'espace avec son crayon, puis plongea vers la feuille et de son écriture enfantine sortirent sous le portrait deux mots.

Deux mots tout simples.

Puis, elle s'allongea doucement sur le canapé et ferma les yeux pour s'assoupir.

Léo saisit le dessin en tremblant, les larmes aux yeux.

Gabrielle y rayonnait comme jamais.

Et sous ce merveilleux portrait, il pouvait lire :

REJOINS-MOI.

11 heures 05

Pour la première fois de sa vie, Léo voulut rendre les armes.

Comme si l'armure qu'il s'était patiemment forgée, cette armure de conquérant qu'il portait de jour comme de nuit, lui semblait d'un coup d'un seul trop lourde à porter, si vaine aussi.

Menait-il vraiment le bon combat ?

Pourquoi cette soif dévorante de conquête, alors qu'une enfant dépérissait peut-être sous ses yeux et que les jours heureux avec celle qu'il avait aimée avaient été si rares ?

Son Blackberry se mit à vibrer doucement au fond de sa poche.

Plus de vingt messages étaient en attente d'être lus, mais seul le dernier attira son attention.

De :	**Franck Waterlink**
À :	**Léo Landau**
Time :	**10 h 55**
Subject :	**URGENT - ME RAPPELER**

Avez-vous lu mes précédents messages ? Pouvez-vous me rappeler au plus vite ? Je voudrais m'entretenir avec vous d'un phénomène étrange qui semble émaner de votre network.

D'avance, merci.
Franck Waterlink
Tel. 806 691 8041

Franck Waterlink. Il avait déjà entendu ce nom quelque part, mais certainement perturbé par ce qui arrivait à Juliette, il n'arrivait pas à se souvenir de cet individu. Il décida de faire appel à la mémoire de sa fidèle assistante Mélanie et enclencha l'interphone.

— Mélanie ?

— *Oui, Monsieur.*

— Un certain Franck Waterlink essaye de me contacter depuis ce matin. Le connaissez-vous ?

— *Non Monsieur. Ce nom ne me dit strictement rien. Voulez-vous que je me renseigne ?*

— Non, Mélanie, ça ira. Merci.

Léo jeta un œil vers le canapé où Juliette semblait dormir. Attendre. Il devait attendre. Et s'occuper l'esprit.

Il se dirigea vers son ordinateur de bureau et rechercha « Franck Waterlink » sur Google. Il obtint plus de quarante-cinq mille résultats, dont une fiche Wikipedia dédiée, un blog, des vidéos sur YouTube et une foule de citations en tout genre, positives comme négatives.

Visiblement, le personnage était très controversé.

Il cliqua sur la fiche Wikipedia et en scanna le contenu d'un rapide coup d'œil.

Il fut particulièrement intrigué par ce qu'il découvrit.

Franck Waterlink, diplômé en mathématiques appliquées du prestigieux MIT, avait le même âge que lui. Il avait fait fortune dans le high-tech en revendant plus de cent quatre-vingts millions de dollars un système révolutionnaire de facturation sur Internet à un géant du commerce électronique. Cash. Il aurait pu alors prendre une jolie retraite dorée, s'acheter une île, un jet privé, épouser une jolie poupée blonde aux mensurations de rêve, et voir grandir une progéniture qui, pendant des dizaines de générations, n'aurait besoin de rien.

Mais ce n'est absolument pas ce qu'il décida de faire.

Presque immédiatement après avoir revendu sa société, il monta une nouvelle organisation très étrange sous le nom de *Renaissance*, dont l'objet était de tenter de comprendre et de décrypter tous les phénomènes mystérieux qui peuplent les contes et les légendes anciennes comme modernes : ovnis... failles temporelles... apparitions... mutilations de bétail... créatures monstrueuses... Cette organisation était censée regrouper un corpus de scientifiques de haut niveau ayant quitté leurs laboratoires pour un salaire mirobolant chez *Renaissance* : des chercheurs en mécanique quantique, des astrophysiciens, des mathématiciens, des chimistes. Mais Waterlink n'a jamais voulu en dévoiler les noms, affirmant que ceux-ci craignaient l'opprobre public s'ils étaient associés aux « petits hommes verts ».

Il se disait sur certains forums que *Renaissance* employait aussi des chamans et des yogis.

« Une véritable cour des miracles », pensa Léo.

À ce jour, il n'était rien sorti de probant des recherches effectuées par *Renaissance*. Waterlink avait beau affirmer haut et fort qu'il avait tout son temps, que la société était entièrement autofinancée pour au moins quinze ans, son ego n'aurait su souffrir d'une absence de découverte majeure après tant d'années d'effort.

Léo hésita quelques instants en tapotant nerveusement contre le clavier de son ordinateur. Il n'était vraiment pas disposé à échanger en ce moment avec ce personnage et il décida de lui renvoyer un mail.

De :	**Léo Landau**
À :	**Franck Waterlink**
Time :	**11 h 15**
Subject :	**RE : URGENT - ME RAPPELER**

Monsieur,

J'ai bien eu votre message. Je ne suis pas disponible en ce moment. Veuillez prendre contact avec mon assistante Mélanie au 806 049 8989 qui calera un RDV.

Cordialement,
Léo Landau

À peine eut-il envoyé le mail que son Blackberry se mit à vibrer.

Waterlink venait déjà de lui répondre.

De :	**Franck Waterlink**
À :	**Léo Landau**
Time :	**11 h 16**
Subject :	**RE : RE : URGENT - ME RAPPELER**

Vous n'avez pas saisi le sens de mes précédents mails. Ceci est URGENT. Merci de m'appeler au plus vite.

Franck

Léo fut soufflé par le toupet de Waterlink. « Mais pour qui se prend-il ? » Puis il reçut un dernier message qui le mit définitivement hors de lui.

De :	**Franck Waterlink**
À :	**Léo Landau**
Time :	**11 h 16**
Subject :	**RE : RE : URGENT - ME RAPPELER**

Vos négociations peuvent définitivement capoter si ce que je constate se poursuit. Rappelez-moi. MAINTENANT.
Tel. 806 691 8041

Personne hormis son « commando » et son assistante n'était au courant des négociations qu'il menait actuellement.

Comment ce type savait-il ?

Une chose était sûre : il allait lui coller sur le dos une armée entière d'avocats pour espionnage industriel !

Et avant tout, il allait se faire un plaisir de le massacrer au téléphone.

— Waterlink à l'appareil.

— Léo Landau. Passons les présentations, je sais qui vous êtes, ce que votre organisation tente de faire et je m'en contrefiche, je vous préviens tout de suite. Je vais écouter ce que vous avez à me dire, puis je vais faire de votre vie un enfer en lançant à vos trousses mes reporters et mes avocats pour espionnage industriel.

— En ce qui concerne vos reporters, ils le sont déjà, rassurez-vous, et ils n'ont pas été tendres à mon sujet. J'attends vos avocats de pied ferme, mais vous

n'aurez pas de preuve, je vous le garantis. Si je peux me permettre un petit conseil, resserrez votre sécurité informatique et assurez-vous que le système de visioconférence qui est dans votre salle de réunion n'est pas aussi aisément piratable.

Léo faillit s'étrangler de rage. Ce type avait piraté son système de visioconférence et suivait tranquillement de chez lui des négociations qu'il avait tout fait pour rendre ultra-secrètes !

Les mauvaises nouvelles paraissaient s'accumuler à une vitesse sidérante.

Il serra les poings et se garda de répondre quoi que ce soit qui pourrait le placer en position de faiblesse.

— Vous avez cinq minutes pour m'exposer ce que vous avez à dire.

— *Ce sera largement suffisant, merci. Depuis hier soir, nos instruments ont détecté une perturbation très étrange en provenance de vos émissions radio et télévision. Cette perturbation n'est pas audible, mais il semblerait qu'un signal sous-jacent prenne en ce moment même de l'ampleur.*

— Un signal de quel type ?

— *Un signal musical, une mélodie.*

— Vous vous foutez de moi ? Mes radios sont à quatre-vingt-dix pour cent des radios musicales !

— *Je ne prendrais pas le temps de vous importuner pour vous annoncer fièrement que vos radios sont des radios musicales, Monsieur Laudau. Cette mélodie ne rentre dans aucune de vos catégories... ni pop... ni funk... ni jazz... ni classique... De plus, on peut la détecter sur toutes vos stations, elle « court » en dessous de chacune de vos chansons, comme un signal subliminal.*

Un long silence s'installa entre les deux hommes. C'était à qui tiendrait le plus longtemps pour laisser l'autre se dévoiler en premier.

– *Monsieur Laudau, quelles sont vos intentions ?*

– Mes intentions ? Attendez, vous croyez que je suis responsable de ce signal ? Et pour quelle raison, selon vous, j'enverrais un signal subliminal sur mes ondes ?

– *Je n'en ai pas la moindre idée.*

– Bien sûr que vous avez votre petite idée ! Mais dites-moi, en quoi *Renaissance* peut-elle s'intéresser à un signal subliminal ? Je croyais que seuls les petits hommes verts méritaient votre attention ?

La réaction de Franck fut cinglante, mais Léo n'en attendait pas moins, il l'avait bien cherché.

– *J'ai fondé* Renaissance *sur mes fonds propres pour essayer d'éclairer mes concitoyens sur des mystères qui dépassent l'entendement. Je suis convaincu que nous pouvons mener une vie plus harmonieuse en ayant une meilleure compréhension de ces phénomènes qui nous entourent. Et vous, que faites-vous pour vos concitoyens, à part les abreuver de musique ?*

— Je ne répondrai pas à cette provocation et je répète ma question. En quoi cette mélodie intéresse-t-elle *Renaissance* ?

— *Elle ne nous semble pas « humaine ».*

— Pas « humaine » ? Comment une mélodie peut ne pas vous sembler « humaine » ? Et d'où proviendrait-elle, alors ?

— *Cette mélodie paraît composée d'une quasi-infinité de voix de tous les horizons, de toutes les races, se mêlant d'une manière incroyablement harmonieuse. Nous menons des recherches poussées en ce moment même dans toutes les bases de données musicales mondiales, et nous n'avons trouvé à date personne qui aurait pu composer une mélodie pareille.*

Léo sourit au bout du fil. Cette histoire lui donnait une idée. Si ce signal avait une quelconque réalité et s'il mettait la main sur l'enregistrement, il tenait là un petit scoop pour sa chaîne câblée d'info en continu. Il voyait déjà les titres « Écoutez ce qui pourrait être la mélodie d'un autre monde ». Bien évidemment, il prendrait toutes les précautions d'usage et chargerait sans état d'âme *Renaissance* s'il s'agissait d'une mystification.

Comme à son habitude, il se décida rapidement.

— Monsieur Waterlink, je vous garantis que je ne suis pour rien dans cette affaire, mais je vous propose que nous coopérions pour éclairer ce mystère. Pourrions-nous nous rencontrer ?

— *Nous sommes à vingt kilomètres à l'Est de Los Angeles.*

— Bon, il est midi et quart, je serai chez vous en début d'après-midi.

— *Pardonnez-moi, mais vous avez dit quelle heure ?*

— Midi et quart.

— *Je pense que vous faites erreur, Monsieur Landau.*

— Écoutez, j'ai une montre suisse d'une précision irréprochable au poignet qui affiche midi et quart, une horloge digitale dans mon bureau qui affiche la même heure et ma chaîne d'info en continu affiche en ce moment même midi et quart. Allumez la télé et vous verrez bien. Sur ce, je vous laisse car j'ai à faire, j'arrive d'ici deux heures.

Lorsqu'il raccrocha, Léo eut le sentiment étrange que quelque chose était en train de basculer dans sa vie.

Comme si d'un coup, tout déviait brutalement d'une trajectoire bien réglée.

L'interphone de son bureau grésilla. Il détestait les interphones. Il les trouvait tellement vieux jeu ! Il avait d'ailleurs décidé de faire installer à la prochaine rentrée un équipement dernier cri de visiophonie pour pouvoir converser *de visu* avec tout son staff.

À condition maintenant que sa sécurité soit blindée à cent pour cent.

— *Monsieur ?*

— Oui, Mélanie.

— *Tout va bien ?*

—…

— *Monsieur, tout va bien ?*

— Oui, Mélanie.

— *Je sors déjeuner, alors.*

— Mélanie ?

— *Oui, Monsieur ?*

— Avez-vous déjà eu le sentiment dans votre vie que la situation vous échappait ?

Après quelques secondes d'hésitation, Mélanie répondit :

— *Oui Monsieur.*

— Et à quelle occasion ?

— *Une occasion merveilleuse, Monsieur. Lorsque j'ai rencontré l'homme de ma vie.*

— Ah bon ? Et en quoi cette situation vous échappait ? J'avoue que j'ai du mal à comprendre.

— *Vous ne voyez pas ? Cette rencontre, je l'attendais, mais je ne savais pas quand elle allait arriver. On ne sait jamais quand elle va arriver. Et puis… voilà ! Ça y est ! Comme une évidence, un cadeau que la vie décide de vous faire d'un coup ! Un de ces petits miracles du destin ! Alors oui, la situation vous échappe, vous ne maîtrisez pas cet instant, mais comme il est délicieux de se laisser ainsi bercer par la vie !*

— Je comprends maintenant, Mélanie…

— *Je peux sortir ?*

– Oui. Je vais rester à mon bureau jusqu'à 14 heures. Je ne suis pas prêt à envoyer Juliette en toxicologie, je suis convaincu que c'est passager et qu'elle est mieux ici, dans mon bureau. D'ailleurs, elle s'est maintenant assoupie. Je vous la confierai pour l'après-midi.

– Oui, Monsieur, vous pouvez me faire confiance, comme d'habitude.

Après avoir relâché le bouton de l'interphone, Léo porta son regard sur Juliette, toujours endormie au milieu de ce bureau dans lequel il avait passé le plus clair de son temps ces dernières années. Le miracle de la vie, Léo l'avait lui aussi connu avec Gabrielle. L'avait-il vraiment identifié comme tel ou considéré comme un dû ?

Et que voulait-on lui dire maintenant ?

Épuisé par ces dernières heures si troublantes, il étira ses longues jambes sous son bureau, repoussa au maximum le dossier de son épais fauteuil qu'il tourna vers la grande baie vitrée et décida de s'accorder une mini-sieste réparatrice.

Institut Renaissance – *12 heures 40*

Dans la pénombre de son bureau, simplement éclairé par les sept écrans de contrôle qui devaient lui permettre de s'informer en temps réel de tout phénomène extra-ordinaire sur la surface du globe et de suivre en direct les hommes qu'il pourrait envoyer sur le terrain, Franck Waterlink méditait sur la conversation qu'il avait eue avec Léo. Cet échange l'avait laissé dubitatif et suscitait plus de questions que de réponses. Pouvait-il se fier à la parole de Léo, lorsque ce dernier lui affirmait qu'il n'était pour rien dans cette affaire ? L'homme, à ce qu'il avait pu lire sur lui sur le web, était réputé pour sa franchise et son franc-parler. Ses affaires prospéraient, il était sur une belle lancée professionnelle, et il aurait fallu être sérieusement dérangé pour décider de diffuser un signal subliminal à peine caché.

Un signal qui n'avait *a priori* aucune signification politique ni économique, puisqu'il n'était qu'un chant incroyablement mélodieux.

Dans quel but avait-on fabriqué un tel signal ? Et qui en était le diffuseur, si ce n'était le network de Léo Landau ?

Un autre élément maintenant occupait son esprit et lui donnait du fil à retordre. Au moment de prendre rendez-vous, Léo avait dit au téléphone à Franck qu'il était midi et quart, mais lorsque Franck avait regardé l'heure sur ses écrans de contrôle, ceux-ci affichaient 11 heures 45. Tous, sans exception.

Il n'y avait aucune raison valable pour que les horloges soient ainsi en retard, car son système se synchronisait toutes les deux heures à l'horloge atomique de Pasadena.

Il décida de tenter une expérience.

Franck remit l'horloge de son système sur 12 heures 40 et enclencha le magnétophone numérique pour écouter à nouveau le chant.

L'enregistrement était court, trois minutes tout au plus.

Une fois celui-ci terminé, Franck regarda ses horloges, qui affichaient toutes la même heure : 12 heures 43. Puis il se connecta immédiatement sur le Net et sur le serveur de l'horloge atomique de Pasadena.

Elle affichait 13 heures.

Il avait perdu dix-sept minutes de vie.

Dix-sept minutes qu'il n'avait pas vu passer, pendant lesquelles il ne savait pas ce qu'il avait pu faire, et qui n'existaient littéralement pas dans son bureau, puisque ses horloges, elles, affichaient trois minutes de plus qu'au début du chant.

« On va passer en visuel, je vais bien finir par comprendre. »

Si Franck n'avait pas souvenir de ces dix-sept minutes, de leur existence même, au moins, en enclenchant la caméra numérique du bureau, il pourrait visualiser ce qui se passait pendant l'écoute. Car si le chant ne faisait effectivement que trois minutes, que s'était-il passé ensuite ?

Franck régla à nouveau ses horloges sur Pasadena et prépara le caméscope.

Il était 13 heures 04.

Il enclencha le bouton RECORD du caméscope.

— Mardi 28 mai. 13 h 04. Expérience d'écoute d'un chant musical transmis par voie hertzienne et enregistré sur canal numérique.

Puis il fit « jouer » le chant.

Le chant terminé, ses horloges affichaient 13 heures 05.

« Une minute d'écoute, maintenant ! »

Puis il se connecta avec fébrilité sur Pasadena.

L'horloge affichait 13 heures 45.

« Je deviens fou ! Cela n'a aucune logique ! Je viens maintenant de perdre quarante et une minutes de vie alors que précédemment, c'était dix-sept minutes ! Ce phénomène n'est absolument pas stable ! »

Il rembobina le caméscope, qui affichait de son côté uniquement vingt-sept minutes d'enregistrement. Il était de plus en plus fébrile et faillit en faire tomber le caméscope.

Il alluma son moniteur.

Et appuya sur PLAY.

Entre ciel et terre...

Léo,

Je ne saurais te dire où je suis. Tout ce que je sais, c'est que je ne devrais normalement pas pouvoir m'exprimer aujourd'hui.

Le temps m'est peut-être paradoxalement compté, alors que c'est tout ce dont je disposais jusqu'ici en quantité illimitée. Le temps, ainsi que mes souvenirs...

Léo, je te pardonne pour tout ce que tu as fait.

Tu ne le sais pas vraiment, mais moi, je sais combien tu es triste et malheureux.

Tu ne le sais pas vraiment, mais moi, je sais combien chaque cellule de ton corps s'est retrouvée brutalement orpheline, cette nuit maudite sur cette route de campagne.

Tu ne le sais pas vraiment, mais moi, je sais combien ton âme depuis meurt de soif et de faim dans le désert brûlant de la solitude.

Léo,

Je suis là.

Tout près de toi.

Si près qu'il te suffirait de tendre un peu l'oreille pour entendre mon souffle...

Si près que si tu ne fais plus un geste,
si tu restes immobile,
alors tu sentiras sur la peau de ta joue
ma plus tendre caresse...

Dans le bureau de Léo – 13 heures 40

Léo ouvrit brusquement les yeux et jeta un regard affolé à sa montre. Il avait dormi plus d'une heure. Aussitôt, il se dirigea vers le canapé et posa délicatement un baiser sur le front de Juliette. Elle semblait maintenant apaisée. Il espéra très fort que, dans quelques heures, elle se réveillerait comme si de rien n'était.

Puis il sortit du bureau, laissa ses instructions à Mélanie, descendit au parking et grimpa dans son bolide.

Pied au plancher, il se mit à récapituler le début d'une journée très étrange. Une négociation commerciale d'une âpreté qu'il avait rarement vue. Juliette qui était tombée dans une sorte de catalepsie et dessinait un portrait saisissant de sa mère avec des traits et des points. Une mélodie soi-disant mystérieuse qui émanerait de son propre network.

Il devait retourner la situation à son avantage, mais pour le moment, il ne voyait pas de plan se dessiner.

Il appuya sur l'accélérateur. Tenta de joindre Franck pour le prévenir de son arrivée prochaine, mais tomba directement sur le répondeur.

Il attendit quelques minutes puis essaya à nouveau de le joindre.

La main droite occupée à tenir son téléphone, il réagit un dixième de seconde trop tard lorsque la corvette à sa droite décida de se rabattre brutalement sur la gauche pour ne pas rater la sortie n° 12 du périphérique extérieur.

– C'est pas vrai ! Noooooooooon !

Le choc à 140 km/h fut d'une violence inouïe. La Ferrari de Léo fut projetée sur la rambarde gauche, rebondit à trois mètres de hauteur, puis partit en l'air en tonneaux.

Léo eut alors le sentiment incroyable et terrifiant de décoller à bord d'une fusée, le corps collé à son siège par l'accélération, puis celui d'être en apesanteur.

Ensuite, ce fut le choc de l'atterrissage.

Puis un grand voile noir.

Institut Renaissance – *une minute plus tôt*

Il n'y avait plus une seconde à perdre. Le danger était imminent. Franck devait appeler Léo. MAINTENANT. Il était peut-être déjà trop tard.

Il composa fébrilement son numéro de téléphone. Répondeur. La ligne devait être occupée. Il retenta la manœuvre. Cette fois, la ligne était libre.

— *Léo Landau à l'appareil.*

— Léo, c'est Franck Waterlink !

— *Franck, j'essa...*

— Écoutez-moi bien, Léo. Sortez IMMÉDIATEMENT du périphérique ! Tout de suite ! Rabattez-vous sur la première sortie.

— *Je ne compr...*

— Je vous expliquerai à l'Institut, SORTEZ MAINTENANT !

— *Ok, Ok, je sors à la sortie n°12, ça vous va ? ATTENTI...*

— Léo, vous êtes là ?

— *Il est taré, ce mec !*

— Qu'est-ce que vous racontez ?

– *Une saloperie de corvette qui a failli me rentrer dedans ! Je ne serais pas parti sur la sortie, c'était le crash assuré !*

– C'est exactement ce que je viens de vous éviter. Léo, j'ai VU ce qu'il allait vous arriver il y a quelques secondes !

– ...

– Vous ne comprenez pas ce que je vous dis et vous avez raison. Venez vite à l'Institut. Ce que je vais vous montrer est simplement inimaginable.

– *Franck, pour la vitesse, si vous le permettez, je vais quand même lever le pied car si ce que vous dites est vrai, alors je suis un rescapé des enfers.*

Bureau de Léo – 14 heures

— Il est très joli, ton dessin.

Juliette ouvrit doucement un œil pour voir qui s'adressait ainsi à elle. Ce n'était pas le docteur qui, visiblement, était parti. Non. C'était un inconnu. Il portait un grand manteau bleu marine, une écharpe rouge écarlate et son visage poupin était cerclé de jolies lunettes rondes en or. « Il devrait aller chez le coiffeur », pensa d'abord Juliette en regardant les longs cheveux blonds bouclés qui descendaient bien au-delà de sa nuque. Il paraissait nerveux et fatigué, et pourtant, Juliette lui aurait donné un peu moins que l'âge de son père, soit une petite quarantaine. « À cet âge-là, on n'est pas encore un vieillard », pensa-t-elle. « Peut-être est-il malade ? Et d'abord, que vient-il faire dans le bureau de papa ? »

Elle décida d'engager le dialogue.

— Qui êtes-vous ? Pourquoi êtes-vous ici ?

— Je suis un vieil ami de tes parents. Ton père a dû s'absenter pour l'après-midi, et il m'a demandé de passer veiller sur toi un petit moment.

L'inconnu tendit franchement la main.

— Mon nom est Lucien Aniel.

Bon, là, il allait lui falloir inventer autre chose, à ce monsieur, car ce n'était pas à une super-observatrice qu'on la faisait... Ce bonhomme, elle ne l'avait jamais croisé, et ni papa ni maman ne lui avaient jamais parlé d'un Lucien Aniel... Si c'était un vieil ami, elle aurait certainement vu quelques photos de lui, ou papa lui aurait raconté au moins quelques souvenirs avec lui. Ce qui n'était évidemment pas le cas.

Elle lui décocha un sourire adorable et répondit à la main tendue par un bisou qu'elle posa délicatement sur sa joue.

— Papa m'a souvent parlé de vous. Je suis contente de faire votre connaissance.

Lucien fut un instant décontenancé par un tel aplomb. Bien sûr, il avait vu la petite évoluer depuis toutes ces années, mais il n'avait jamais véritablement dialogué avec elle.

Et c'était un exercice très différent.

— Moi aussi, ma chérie. Je suis vraiment très heureux de passer un petit moment avec toi. Dis-moi, voudrais-tu te promener un peu avant que ton père ne revienne ? On pourrait aller au bord de la mer.

« Maman me parle à la télé, papa est parti précipitamment, et voilà qu'un inconnu avec une écharpe rouge veut me promener au bord de la mer... Décidément c'est une drôle de journée !

Mais papa m'a bien dit de ne jamais suivre un inconnu. Pourtant, il ne m'a pas l'air méchant... fatigué, mais pas méchant... »

Juliette se leva et plaça ses poings sur ses hanches, comme pour montrer qu'elle était très forte pour son âge.

– Non, franchement, non. Je préfère attendre le retour de papa.

Quelques gouttes de sueur se mirent à perler sur le front de Lucien, qui avait maintenant très chaud sous son manteau bleu marine.

Comme il s'y attendait, la partie ne serait pas aisée.

Institut Renaissance – *14 heures 15*

Lorsque Léo approcha de l'Institut, il fut frappé par les moyens mobilisés dans le projet *Renaissance*. Le bâtiment, qui s'élevait sur quatre étages, était flambant neuf, tout en baies vitrées. À son sommet, il crut deviner une coupole, peut-être un observatoire astronomique. Autour du complexe courait une petite rivière qu'il fallait enjamber *via* un pont pour accéder au hall d'entrée. À la droite du bâtiment s'étalait un jardin japonais.

Franck Waterlink devait bien employer ici une centaine de personnes.

Passée la désagréable impression que lui avait laissée un premier contact téléphonique pour le moins viril, Léo comprit à cet instant que l'entreprise de Franck Waterlink était très sérieuse, même si les sujets le semblaient moins en apparence.

Il gara sa Ferrari sur le parking tandis qu'un grand gaillard costaud aux yeux très bleus et au crâne rasé sortait du bâtiment pour venir à sa rencontre.

— Bienvenue à l'Institut, Monsieur Ladau. Je suis Franck Waterlink.

— Impressionnant. Pour tout vous dire, je ne m'attendais pas à ça. Vous êtes la seule entreprise dans ce bâtiment ?

— Oui. Je fais travailler ici quatre-vingts personnes, et j'ai une trentaine de personnes sur le terrain.

— Cent dix personnes à plein-temps à la recherche de phénomènes inexpliqués !

— En fait, c'est beaucoup plus, Monsieur Landau. Avec le net, *Renaissance* compte plus de trente mille « associés » qui travaillent avec nous en réseau pour décrypter, décoder, confirmer ou infirmer ce qui se passe d'étrange sur notre planète. Nous avons déployé un arsenal technologique de pointe qui nous permet d'exploiter au mieux l'intelligence collective. Nous travaillons avec des milliers d'yeux, d'oreilles et de cerveaux aux quatre coins de la planète.

— Que, bien évidemment, vous ne payez pas.

— Exactement. Mais chacun y trouve son compte, rassurez-vous. Nos associés sont les premiers informés de nos découvertes *via* le réseau privé que nous avons monté.

Le concept d'intelligence collective fascinait Léo, qui s'était toujours interrogé sur la meilleure façon de l'exploiter pour son network. Il avait ainsi imaginé que ses animateurs pourraient être ses auditeurs. Ils seraient notés, ils pourraient être zappés si la qualité n'était pas au rendez-vous. Et surtout, il n'aurait pas à les payer.

— Je vous propose maintenant d'aller dans ma « tour de contrôle ». C'est de là que je peux suivre les opérations, et j'ai une grosse surprise à vous montrer.

— Allons-y.

Passé le hall, les deux hommes prirent un ascenseur qui les mena au troisième étage du bâtiment. Ils pénétrèrent directement dans le bureau de Franck, qui dès leur entrée, s'éclaira automatiquement d'une légère lumière tamisée. Un seul écran sur les sept était allumé, et il diffusait une image floue dans laquelle Léo crut reconnaître Franck.

Ce dernier le regardait fixement de ses yeux bleus.

— Léo, ce que vous allez voir et entendre est pour le moins dérangeant, et je voudrais m'assurer que notre conversation va rester privée et confidentielle.

— Franck, si vous êtes bien renseigné sur moi, vous savez que je n'ai qu'une parole. De plus, mes affaires m'accaparent tellement que le sujet que nous allons aborder, ce chant mystérieux et tout ce qui peut s'y rapporter, m'est totalement étranger.

— Oui, mais vous êtes aussi et surtout un homme de média, et je sais que vous n'hésiterez pas une seconde à diffuser ce qui pourrait servir vos affaires.

— Vous n'aurez que ma parole, je ne peux rien vous donner de plus !

— Et moi, je ne vous donnerai en échange que ce qui me permettra de comprendre ce phénomène.

— C'est-à-dire ?

— Des informations. Mais pas le Chant.

Évidemment. Léo se dit qu'il avait été bien naïf en s'imaginant que Franck lui communiquerait le signal, si ce signal existait réellement. Décidément, aujourd'hui, il n'avait pas les bons réflexes. Il repensa à Juliette et à Gabrielle. Sa fille était peut-être entrée dans un coma irréversible, et pour tromper son angoisse, il n'avait trouvé qu'un vague plan professionnel qui venait de voler en éclats. Il fallait qu'il se reprenne. Il ne devrait pas se laisser déstabiliser ainsi.

Mais les événements lui paraissaient de plus en plus confus.

— Bien. Dites-moi donc ce que vous avez à me dire.

— Le chant qui est actuellement diffusé de manière subliminale sur votre network serait non seulement « non-humain », mais il pourrait posséder des propriétés extraordinaires. Il semblerait qu'il modifie notre perception temporelle.

— Vous pouvez préciser ?

— Vous savez combien le rapport que nous, êtres humains, avons au temps est relatif. Une minute « objective » ne s'écoule pas dans notre conscience de la même manière selon que nous nous amusons ou que nous nous ennuyons. Nous vivons cette minute totalement différemment suivant les événements. Nous disons d'une heure, d'une année « comme elle est passée vite ! », comme nous pouvons dire en d'autres circonstances que « c'était interminable ». Pour aller plus loin, la même minute partagée par deux individus qui conversent ou pratiquent une quelconque activité ensemble, sera elle aussi vécue différemment. Alors, où est la réalité ? Dans cette minute objective qui défile sur le chronomètre. Mais que vaut cette minute si nul ne l'observe ? Elle ne vaut rien ! Elle n'existe pas s'il n'y a personne pour la vivre ! Donc, elle ne se met à exister que lorsqu'elle rentre en rapport avec une « conscience », un « esprit » comme le vôtre ou le mien. Mais dans ce rapport avec la conscience, elle se met alors à fluctuer suivant l'expérience qui est vécue.

— Jusqu'ici, je vous suis.

— C'est là où le chant intervient. Objectivement, il dure 2 minutes 23 secondes. C'est sa durée chronométrée. Mais lorsque je l'écoute, je perds toute notion du temps, et à la fin de l'écoute, il a pu s'écouler deux minutes comme une heure trente.

— Une heure trente ! Vous voulez dire qu'en écoutant un chant de 2 minutes 23, vous avez pu laisser s'écouler quatre-vingt-dix minutes sans vous en rendre compte ?

— Et le pire, c'est que ce n'est jamais la même durée. Il se peut qu'à la prochaine écoute, je perde un jour, ou même plus ! Mais finalement, pour revenir à ce que je disais précédemment, ce chant ne fait qu'amplifier ce que nous vivons tous les jours dans notre rapport au temps.

Franck était de plus en plus excité par ce qu'il venait d'énoncer. Léo, quant à lui, se sentait doucement basculer vers un monde inconnu. Et effrayant.

— Ok. Ok. Bon, alors que se passe-t-il pendant que vous écoutez le chant ? Vous faites quoi ? Vous êtes hypnotisé ? Votre staff n'est pas passé vous voir pendant cette heure et demie ? Ils n'ont pas essayé de vous réveiller ?

— C'est ce que j'ai voulu savoir. Et c'est là où intervient la deuxième propriété du chant, encore plus étrange. J'ai utilisé le caméscope pour filmer ce qu'il se passait pendant que j'écoutais le chant. Regardez plutôt cela, maintenant.

Le scientifique enclencha le caméscope, et l'image figée à l'écran prit vie. Franck apparaissait face au caméscope, confortablement installé dans l'immense fauteuil en cuir qui faisait face aux sept écrans.

– *Expérience d'écoute d'un chant musical transmis par voie hertzienne et enregistré sur canal numérique. Horloge bureau réglée sur l'horloge atomique à 13 heures 04.*

Pour la première fois, Léo allait entendre la mélodie mystérieuse. Il tendit l'oreille. Mais visiblement, l'enregistrement sonore était de piètre qualité.

– Je n'entends pas bien la mélodie ! fit Léo.

– Ce n'est pas le plus important. Attendez un peu, et regardez ce qu'il va se passer.

Au bout de quelques minutes, l'image du caméscope commença à se couvrir d'interférences.

On. Off. On. Off.

Tout à coup, l'impensable se produisit. L'horloge affichée en bas à droite de l'écran commença à trembler, puis les minutes et les secondes se mirent à défiler de plus en plus vite. Pourtant, Franck n'avait pas enclenché l'avance rapide. Le phénomène semblait enregistré en direct.

Sur l'écran, entre deux interférences, on ne voyait plus Franck bouger. Il était calé dans son fauteuil, le regard dans le vide. Puis le défilement des minutes et des secondes ralentit, pour se figer totalement… sur 14 heures 14. À cet instant, sur la vidéo, le téléphone portable de Franck se mit à sonner. Franck pressa le bouton « main-libre » de son combiné pour prendre l'appel.

— Allô ?

— *Franck, je suis en route vers votre institut. J'aurais certainement un bon quart d'heure de... C'est pas vrai... NOOOOOOONNNNNN !*

— Léo ? Léo ?

Un bruit épouvantable de crissement de pneus se fit entendre dans l'écouteur. Un hurlement perça, suivi immédiatement après par un craquement brutal de tôles qui n'en finissait pas.

Puis, plus rien.

Le silence, sourd et enveloppant, de la mort.

L'image de Franck se figea alors sur l'écran, et l'enregistrement prit fin.

De longues minutes s'écoulèrent et un silence pesant régnait maintenant dans le bureau.

— Franck ? Que vient-on de voir, là ? Dites-moi que j'ai rêvé !

— Non, Léo. Vous venez de voir comme moi un futur qui n'existera jamais.

Deuxième partie
La source

Blog de Franck Waterlink
Fondateur de *Renaissance*

RÊVERIES PERSONNELLES

4 juin

Intrication, téléportation, mamans et amoureux

Les découvertes de ces vingt dernières années en mécanique quantique sont assez extraordinaires. Il en est une plus frappante que d'autres qui est « l'intrication ». Lorsque deux photons, ou électrons, sont placés individuellement dans certaines conditions au contact l'un de l'autre, s'établit alors entre les deux particules un « canal automatique de communication ». Ce canal est indétectable et invisible à nos yeux, mais il existe bel et bien ! Pour preuve, lorsqu'une particule adopte un nouvel état (un changement de polarité, par exemple), alors, AUTOMATIQUEMENT et INSTANTANEMENT, l'autre particule adopte le même état !

L'existence de ce « fil invisible » laisse rêveur. Elle pourrait ouvrir la porte à la téléportation, car chacune des particules qui nous composent n'est qu'un ensemble

d'informations potentiellement transmissibles à un autre ensemble de particules via l'intrication !
Mais cette intrication secrète pourrait aussi, peut-être, expliquer le lien si parfait qui existe entre une mère et ses enfants. Pendant neuf mois, c'est une osmose totale que la mère et l'enfant vivent, au plus profond de chacune de leurs cellules. Après la séparation, ce lien n'est pas brisé. Il est toujours aussi fort. Combien de mères loin de leur progéniture « sentent » quand leur enfant est malheureux, qu'il a des problèmes ? Combien d'appels téléphoniques entre une mère et son enfant se télescopent mutuellement, À LA SECONDE PRÈS... ?
Pour les amoureux, les vrais, c'est dans la transe de l'amour et de l'union que chacune de ces particules pourrait entrer en connexion et s'intriquer. Et d'expliquer alors ces instants magiques où l'autre n'a rien à dire que l'on ne sache, ces moments subtils de silence où les âmes se retrouvent et dansent sous une voûte étoilée éternelle.
Hasards ? Coïncidences ? Ou phénomènes tangibles que notre mental limité n'est pas capable de comprendre... ?

Bureau de Léo – 14 heures 30

Juliette et Lucien étaient maintenant tous deux installés dans le confortable canapé. La petite fille avait voulu faire partager à Lucien sa découverte, et donc montrer les émissions de télévision lui permettant de voir sa maman.

Lucien n'avait pas vraiment l'air à l'aise dans cette situation. Juliette l'avait gentiment autorisé à quitter son beau manteau bleu ainsi que son écharpe rouge écarlate, mais il ne semblait pas disposé à s'éterniser ici.

« Tant pis pour lui », se dit l'enfant. « Moi, je ne bouge pas d'ici tant que papa ne revient pas. »

Son « invité » promenait sa grande silhouette de long en large dans le bureau et semblait décidé à agir.

— Écoute, Juliette, je ne peux pas tout te dire, mais tu dois me faire confiance. Nous devons quitter ce bureau. Maintenant.

Juliette releva légèrement la tête et fronça les sourcils.

— Et pour aller où ?

— Tu le sauras en route.

— Pas question que je bouge du bureau de papa.

Lucien commençait à s'impatienter. Il ne lui restait plus beaucoup de temps, et la voie de la négociation lui paraissait fort compromise avec ce petit être au caractère bien trempé. Il se rapprocha maladroitement de l'enfant et essaya de la saisir par la taille, mais celle-ci avait déjà sauté par-dessus le canapé pour partir se réfugier sous le bureau de son père.

— Au secours ! Au secours !

Mélanie. Elle devait appeler Mélanie, qui n'était sans doute pas très loin. Elle glissa sa main sur le dessus du bureau, tâtonna fébrilement pour trouver le gros bouton de l'interphone, et appuya dessus de toutes ses forces.

— Mélanie ! Mélanie ! Au secours ! Il y a quelqu'un dans le bureau qui veut me faire du mal ! Faites vite quelque chose ! Venez vite !

La grande porte en métal brossé du bureau de Léo s'entrouvrit légèrement et Mélanie fit une timide apparition. Alors que Lucien s'approchait dangereusement du bureau, Juliette roula sur le tapis, se releva et se mit à courir au-devant de Mélanie.

— Mélanie, aidez-moi !

Mais Mélanie paraissait insensible aux cris de détresse de la petite. Au contraire, elle lui décocha un grand sourire et s'apprêta à refermer la porte.

Juliette, stupéfaite, s'arrêta net de crier. Lucien en profita pour se rapprocher en un éclair et la ceintura avec ses deux grands bras. La petite fille se débattait maintenant de toutes ses forces, mais la prise de l'étranger était trop ferme pour qu'elle puisse s'en dégager.

— Au secours ! Au secours !

— Tu peux crier autant que tu veux Juliette, elle ne fera rien pour toi.

Et c'était vrai.

Juliette avait beau crier de toutes ses forces, devant elle, Mélanie refermait doucement la porte du bureau, pour la laisser aux prises avec un inconnu au manteau bleu marine, à l'écharpe rouge écarlate et aux lunettes cerclées d'or.

SAN DIEGO – Mystérieux incident sur la Highway 5
AP – Il y a 2 heures

Selon les premières déclarations, plusieurs dizaines de véhicules se seraient mis simultanément à zigzaguer pendant de longues minutes au milieu de l'autoroute, au risque de provoquer un carambolage qui aurait pu avoir des conséquences dramatiques. Leurs conducteurs n'auraient aucun souvenir de l'événement, si ce n'est, détail troublant, qu'ils essayaient tous de régler leur radio FM qui s'était brutalement déréglée. Aucun blessé n'est cependant à déplorer.

Institut Renaissance – *15 heures*

Depuis plus d'une demi-heure, Franck Waterlink s'était lancé dans des explications sur le Chant qui, aux yeux de Léo, dépassaient l'entendement. Selon Franck, les ondes sonores de ce chant si particulier entreraient en résonance très profonde avec le cerveau, et c'est ce niveau de résonance qui entraînerait une modification de la perception du temps. C'était un peu comme si un rayon électromagnétique était dirigé sur l'esprit et qu'il brouillait non pas notre vision ni notre audition, mais une autre donnée fondamentale à notre rapport au monde.

Soit. C'était bien la première fois que Léo entendait ce genre d'explication.

Mais alors qui émettait, comment, et dans quel but ?

Léo commençait à s'interroger sur les réelles motivations de Franck. Jusqu'à maintenant, les équipes techniques du network ne s'étaient pas manifestées, ce qui signifiait que rien d'anormal ne se produisait.

Et pour le moment, Franck ne lui avait toujours pas fait écouter le Chant.

Léo se mit à douter de la sincérité de Franck. Et si tout ceci n'était qu'un coup monté pour faire légitimer les travaux de *Renaissance* par le premier network de Californie ? Après tout, pour l'instant, il n'avait finalement vu aucune preuve tangible. L'enregistrement vidéo du soi-disant futur ? Un habile montage. L'accident évité de justesse sur un appel de Franck ? Un complice au volant de la Lamborghini et un timing minutieux.

— Léo, vous me suivez ?

Franck tira brusquement Léo de ses pensées et pointait maintenant du doigt les quatre écrans qu'il venait d'allumer. Il faisait de grands gestes et paraissait de plus en plus agité.

— Vous rendez-vous compte que tout ceci peut déraper si nous ne faisons rien ? Imaginez que le signal prenne de l'ampleur et qu'il devienne audible à la majorité de la population ? Boum ! Pire qu'une bombe atomique. Tout le monde perd la notion du temps, et il nous est impossible de vivre ensemble dans la même dimension temporelle !

— Calmez-vous, Franck. Pour le moment, seuls vous et moi avons l'air de disserter sur ce mystérieux phénomène. Et d'ailleurs, j'aimerais bien l'écouter, ce phénomène. Peut-être que vous êtes le seul à en subir les conséquences.

— Je ne pense pas que cela soit raisonnable, Léo. Nous avons besoin ici de toute notre lucidité.

Léo prit Franck par le bras et serra fermement. Il avait le plus grand mal à maîtriser la colère qui montait en lui.

— Je vais être franc avec vous ; je pense que vous me faites perdre mon temps. Je n'ai pas encore compris pourquoi, mais si vous ne me faites pas écouter le Chant maintenant, je vous garantis que je rentre immédiatement au bureau et que je lance mes reporters à vos trousses pour mystification.

Interdit, Franck observa un instant Léo.

« Ce type ne croit pas un mot de ce que je viens de lui dire, alors que je lui ai sauvé la vie ! C'est moi qui n'arrive pas à y croire ! »

— D'accord, mais je vous aurai prévenu. Comme nous sommes dans la même barque, je vais écouter ce Chant en même temps que vous, en espérant qu'il ne nous arrivera rien de grave.

— Comme quoi ? Vous êtes bien en face de moi, sain et sauf !

— Oui, mais je ne sais pas quels seront les effets sur moi d'une cinquième écoute du Chant. Et en ce qui vous concerne, je n'ai aucune idée de la façon dont vous pourriez réagir. Vous pourriez même tomber en catalepsie !

— Une petite minute ! Vous me dites que je pourrais tomber en catalepsie en écoutant le Chant ?

— C'est probable.

Sous le coup de l'émotion, Léo dut s'asseoir sur l'accoudoir du grand fauteuil de cuir.

— Quelque chose ne va pas ?

— Je... je ne pensais pas que le sujet viendrait sur le tapis, mais ma fille est tombée en catalepsie ce matin devant la télé.

— Et elle a mentionné quelque chose avant ?

— Oui... Je n'ai pas fait attention tellement j'étais paniqué, mais maintenant, je me souviens. Elle a parlé d'une merveilleuse musique !

— Léo, c'est une très mauvaise nouvelle. Très très mauvaise.

— Comment ça ?

— Ça veut dire que le phénomène se répand dans la ville, même s'il n'est pas audible. Qui sait combien de personnes peuvent être touchées en ce moment même ?

Léo dut se rendre à l'évidence. Cette histoire avait un fond de vérité. Et l'être le plus cher qu'il avait sur terre était touché.

— J'appelle le network. On va faire une annonce.

— Une annonce sur quoi ? Nous ne savons rien ! Vous voulez dire aux gens de ne pas écouter la télé ni la radio ? Car c'est ça, pour le moment, ce qu'il faudrait leur dire ! Vous comprenez ? Vous faites partie du problème en tant que diffuseur. Ils se servent de vous !

Léo n'en revenait pas.

— Quelle ironie, non mais quelle ironie ! Je dirige le premier média de Los Angeles, j'ai la capacité de divertir et d'informer des millions de personnes instantanément, et voilà que face à une menace qui pourrait être terrible, je ne peux rien faire ! Si ce n'est couper tout ! Mais je ne peux pas faire ça !

— Et pourquoi ?

— Il y a trop d'intérêts économiques en jeu. Ce n'est pas possible, on doit trouver une autre solution pour le moment, Franck.

Léo n'était pas prêt. Non. Il n'était pas prêt à renoncer à ce qu'il avait mis vingt ans à bâtir.

— Alors il faut trouver l'émetteur au plus vite et le désactiver.

— Et où allons-nous le trouver, cet émetteur ? Nous cherchons une aiguille dans une botte de foin !

— J'ai une idée. Si, sur la vidéo enregistrée lors de l'écoute du Chant, nous avons pu voir un certain futur, en reproduisant l'expérience, nous aurons peut-être une chance de voir à nouveau un futur. Et peut-être verrons-nous l'endroit où nous rendre.

Léo hésita de longues secondes. Dans quoi allait-il donc s'embarquer ? Il ne pouvait se défiler. Comme Franck le lui avait si bien fait comprendre, ce qu'il avait bâti et qu'il ne voulait perdre était maintenant partie intégrante du problème.

Il avait une responsabilité à assumer.

Et une petite fille à sauver

– On peut essayer. Qu'avons-nous à y perdre ?

– 2 minutes 13… ou l'éternité…

Entre ciel et terre...

Il marchait depuis maintenant des heures, ou des jours...

Il avait soif.

Il avait faim.

Le soleil était brûlant et le sable semblait se dérober sous chacun de ses pas.

« Tenir, je dois tenir », se disait-il.

Il releva lentement la tête, cligna des yeux pour se protéger du soleil et s'accoutumer à la lumière blanche et aveuglante.

Il ne voyait devant lui qu'une immensité drue et hostile de dunes. Un océan sec de feu et de silice.

Il avait été blessé à l'épaule gauche et avait déjà perdu beaucoup de sang. Avec sa chemise en lambeaux, il était parvenu à faire un garrot et à arrêter l'hémorragie.

Il n'aurait jamais imaginé que les événements puissent tourner aussi mal...

Il ne savait pas s'il était loin ou proche de sa destination. Après avoir épuisé tout ce qui pouvait mentalement lui permettre de tenir – la vision de sa famille, de ses amis, d'une vie antérieure qu'il ne retrouverait plus jamais, de tous les souvenirs qui peuplaient son passé –, il n'avait maintenant en tête qu'un seul objectif : tenir et arriver vivant à destination.

Peu lui importait à présent que cela prenne quelques heures ou quelques jours. Ces notions ne signifiaient littéralement plus rien pour lui, après ce qu'il s'était passé.

Il avait irrémédiablement perdu prise avec le temps.

Los Angeles, institut Renaissance

Léo souffrait maintenant d'un mal à la tête lancinant et sa vue était encore trouble.

Lorsque Franck avait réenclenché le magnétophone numérique ainsi que le caméscope pour tenter de « capter le futur », Léo avait senti comme un bouillonnement intérieur et son cœur s'était accéléré brutalement.

Il ne se connaissait aucune faiblesse cardiaque, mais savait bien qu'il tirait sur la corde avec le rythme qu'il s'imposait.

Il avait tenté de maîtriser sa respiration pour en calmer les battements, mais rien n'y faisait. Une douleur sourde avait alors commencé à poindre dans sa poitrine. Puis une main invisible s'était saisi de son cœur pour le serrer. Il avait essayé d'appeler Franck à son secours, il l'avait désespérément cherché du regard, mais ses yeux s'étaient emplis de larmes et une autre main invisible avait alors saisi sa gorge et écrasé sa glotte.

Il avait tenté une dernière fois de reprendre sa respiration.

Puis il s'était évanoui.

Combien de temps Léo était-il resté inconscient ?

Sa vision s'étant éclaircie, il regarda l'horloge des moniteurs de contrôle. Elle indiquait 10 heures 30.

— Dix-neuf heures ! J'ai été sonné pendant presque dix-neuf heures ! Vous vous rendez compte, Franck ?

Tout semblait parfaitement rangé dans le bureau de Franck. Tout semblait parfaitement rangé tout autour, d'ailleurs...

À son réveil, Léo ne s'était rendu compte de rien, soucieux qu'il était de reprendre le contrôle de son corps et de ses sens. Mais maintenant qu'il était parfaitement revenu à la conscience, un frisson parcourut son dos.

Franck n'était pas à ses côtés. Pire encore : le silence étouffant qui régnait dans tout le bâtiment lui glaçait le sang.

Léo se redressa et décida d'explorer les pièces alentours. Il sortit du bureau de Franck et descendit d'abord au premier étage. Il s'attendait à trouver une quelconque agitation, mais il n'y avait personne dans les couloirs, personne dans les bureaux. Le panneau indicateur « Grand Amphi – 1er sous-sol » souleva un espoir chez lui. Peut-être une réunion générale avait-elle lieu en ce moment ? Il devait descendre.

Léo prit les escaliers et s'engagea vers le premier sous-sol. Il poussa les portes du grand amphi, mais il savait déjà ce qu'il allait, ou plutôt n'allait pas trouver. L'amphi était vide et ses trois cents places terriblement silencieuses.

Encore physiquement éprouvé par sa perte soudaine de conscience, Léo avait du mal à raisonner et à remettre ses idées en place. Mais la situation actuelle lui laissait un sentiment de malaise diffus qui allait grandissant. Comment avait-on pu le laisser inconscient ? Où était passée toute l'équipe ?

— Bon sang, le caméscope !

Léo remonta quatre à quatre les marches de l'escalier et se précipita dans le bureau de Franck. Il allait pouvoir visualiser ce qu'il s'était passé pendant les dix-neuf heures qui venaient de s'écouler. Peut-être même allait-il pouvoir « voir » où chercher Franck.

Le caméscope était posé sur le bureau de Franck, encore relié au moniteur LCD. Franck alluma le moniteur, appuya sur PLAY, mais l'écran ne diffusa aucune image. Il prit le caméscope dans ses mains, appuya à nouveau sur PLAY, puis sur REWIND, mais le caméscope ne semblait pas répondre.

Léo chercha le bouton EJECT, le pressa, et ce qu'il vit confirma le mauvais pressentiment qui déjà ne le quittait plus.

La cassette avait disparu.

Blog de Franck Waterlink
Fondateur de *Renaissance*

RÊVERIES PERSONNELLES

12 avril

Impact de l'observation

Si, en apparence, les objets nous apparaissent comme « solides » à l'échelle humaine, à l'échelle atomique, c'est une histoire complètement différente qui se joue. Ainsi, il a été mathématiquement prouvé que les électrons qui gravitent autour du noyau ont une infinité de positions simultanées, générant une vibration particulière. Et non un parcours linéaire spécifique comme l'imagerie populaire tend à le représenter. Si l'on se met par contre à « observer » l'électron, alors celui-ci se fige dans une position déterminée.
Comment cela est-il possible ?
Au niveau de l'infiniment petit, pour observer un électron, il faut l'éclairer avec de la lumière, soit un flux de photons. Ces photons ont une énergie qui au niveau sub-atomique impacte directement l'électron observé et « fige » celui-ci dans un état précis.

D'où l'impossibilité de correctement observer l'infiniment petit, car l'observation en soi provoque un changement majeur dans l'objet observé.
À notre niveau humain, un projecteur n'a pas suffisamment d'énergie pour provoquer une quelconque modification de notre structure.
Mais l'on est en droit de se poser deux questions, auxquelles la mécanique quantique n'a toujours pas clairement donné de réponse :

- Pourquoi ce qui se passe au niveau de l'infiniment petit n'a pas de répercussion « connue » sur notre quotidien ? En d'autres termes, pourquoi sommes-nous « solides », alors que les électrons qui constituent les atomes qui nous constituent ont une infinité de positions simultanées ?
- Sommes-nous alors si solides que ça ? Pourrait-on envisager un jour de voir notre structure corporelle extérieure modifiée par un événement extérieur ?

Los Angeles, Institut Renaissance

Franck souffrait maintenant d'un mal de tête lancinant et sa vue était encore trouble.

Lorsqu'il avait réenclenché le magnétophone numérique ainsi que le caméscope pour tenter de « capter le futur », il s'était senti comme brutalement soulevé de son siège et secoué tel un vulgaire pantin.

Il avait voulu se rassurer en se répétant que tout n'était qu'illusion et en serrant fermement les accoudoirs de son fauteuil, en vain. C'était comme si son corps était en train de se désarticuler violemment, alors qu'il ne bougeait pas de son fauteuil. Le mouvement avait bientôt pris une telle vitesse que ses yeux s'étaient révélés incapables de fixer quoi que ce soit alentour. Il avait tenté d'ouvrir la bouche pour appeler Léo à son secours, mais la vitesse était telle qu'il avait été incapable de faire fonctionner un seul de ses muscles. Puis il avait eu l'impression que sa tête était prise dans un étau, qui serrait, serrait, serrait indéfiniment, jusqu'à ce que sa boîte crânienne éclate…

Une dernière fois, il avait fait mine d'appeler à l'aide.

Puis il s'était évanoui.

Combien de temps avait-il été inconscient ?

Sa vision s'étant éclaircie, il regarda l'horloge de ses moniteurs de contrôle. Il ne s'était écoulé qu'une minute depuis qu'il avait enclenché la cassette. Il avait pourtant l'impression que son passage dans cette « centrifugeuse virtuelle » mystérieuse avait duré une éternité...

— Léo, vous allez bien ? Léo ? Léo ?

Léo n'était plus à ses côtés.

Après avoir vérifié auprès de l'accueil qu'il n'était pas sorti de l'Institut, il tenta de joindre Léo sur son téléphone portable. Il n'eut pour réponse que sa messagerie vocale. Il appela alors le standard pour effectuer une annonce sur l'intercom général. Après tout, Léo était peut-être juste parti prendre l'air, sans son téléphone mobile.

Mais Franck ne croyait pas vraiment à cette éventualité, et il entreprit alors de visionner la cassette.

L'enregistrement était... banal...

Il s'y voyait en train d'écouter le chant, puis, une fois le chant terminé, Léo et lui passaient l'enregistrement qui les montrait en train d'écouter le chant. Ils déploraient tous deux l'absence de résultat de l'expérience et se demandaient comment ils allaient retrouver la source.

Puis ce fut tout. L'écran vira au noir.

– Ce n'est pas vrai ! J'ai maintenant droit à trois minutes de projection dans le futur, qui me montrent avec Léo dans ce même bureau, en train d'écouter le Chant. Super excitant, tout ça ! Sauf que moi, j'ai l'impression d'avoir été attaché devant le premier wagon d'une montagne russe en folie, et que Léo a disparu...

Franck rappela alors le standard pour savoir si Léo avait donné signe de vie, mais comme il s'en doutait, personne ne s'était manifesté.

Alors qu'il raccrochait, son regard fut attiré par une luminosité étrange au niveau du moniteur. Il s'approcha. L'écran diffusait maintenant une lumière bleue étonnante. On aurait dit une sorte de halo étincelant. Un halo qui semblait avoir sa propre vie... sa propre vibration...

Franck comprit qu'il n'avait pas arrêté le caméscope et que celui-ci avait continué à lire la cassette. Pour éviter d'être débordé brutalement et par précaution, il appuya sur STOP. L'écran redevint noir. Il appuya à nouveau sur PLAY et l'écran se remit alors à vibrer littéralement d'un halo bleu.

Ce fut à ce moment qu'il assista au phénomène le plus inconcevable de sa vie entière de scientifique et d'homme : là, sous ses yeux, en lieu et place du fauteuil vide, se trouvait maintenant Léo.

Il parlait tranquillement mais lui, Franck, n'entendait rien. Pire, Léo ne semblait pas le voir. Il était nimbé d'une sorte de halo qui conférait à son corps une légère transparence.

Franck approcha sa main et traversa son corps. Il fit volte-face pour tenter d'apercevoir avec qui parlait Léo, et ce qu'il vit lui glaça le sang : il se vit lui-même. Il était nez à nez avec son fantôme !

Mais un fantôme n'est-il pas censé être « mort » ?

Le Léo et le Franck « virtuels » se tournèrent tous deux vers l'écran et Franck comprit qu'il assistait physiquement et « en direct » à la scène qu'il avait vue sur l'écran précédemment. La lecture de la cassette avait provoqué une distorsion sensorielle qui lui permettait de vivre maintenant ce qu'il n'avait que constaté à l'écran.

Depuis le début, Franck avait fait fausse route.

Sur la cassette, il pouvait effectivement visualiser un futur hypothétique. Lorsque l'heure de cet événement arrivait, il se déroulait bien comme prévu sur la cassette.

Mais pas ICI.

Pas chez LUI.

Pas dans SON UNIVERS.

Los Angeles

Embarquer Juliette n'était pour Lucien que la première partie d'un plan qui allait devoir se dérouler de manière très minutée. Cette pensée l'amusa. Il devait ici tout MINUTER alors que là-bas, il avait tout le temps. Il sourit.

Ici, chaque minute comptait.

Sa mission à lui était maintenant simple : il devait conduire la fillette à la source. La où tout avait commencé.

Et ensuite ?

Ensuite, elle saurait quoi faire.

En théorie.

ATHÈNES - Final très particulier pour le concert de Heavy Metal Kiss
AP - Il y a 10 minutes

Les 70 000 spectateurs du concert de Heavy Metal Kiss n'en reviennent toujours pas. Alors que le spectacle était sur le point de s'achever, un chant mystérieux d'origine inconnue s'est élevé des enceintes surpuissantes du stadium d'Athènes. Les quolibets, nombreux au début, ont laissé place à un silence quasi religieux et de nombreux spectateurs sont ressortis comme extatiques de ce final déroutant. De son côté, Kiss assure que ce morceau n'était pas à son programme et qu'une enquête est actuellement en cours pour trouver l'origine de ce chant mystérieux.

Los Angeles, institut Renaissance *– 10 heures 30*

Ce qui frappa immédiatement Léo, ce fut le silence.

Un silence comme il n'en avait jamais entendu jusqu'ici.

Un VÉRITABLE silence.

Pas de ceux pour lesquels il pouvait lutter si fort dans sa jungle urbaine. Pas de ceux qui laissent en leur cœur percevoir néanmoins l'infime bourdonnement de la ville, comme une vibration sourde et profonde. Pas de ceux non plus de la douce campagne, peuplés quant à eux de piaillements, pépiements, ou du souffle du vent.

Non, lorsque Léo sortit des locaux de l'institut *Renaissance* désormais totalement vides de toute présence humaine, il fut frappé par le silence total et ABSOLU qui pouvait régner.

Il faisait dehors une chaleur étouffante. Le soleil semblait à son zénith. Et le bitume paraissait fondre et se déformer sous ses pieds.

Il décida d'appeler le network pour savoir si le Chant s'était mis à perturber de façon notable les émissions. Il composa le numéro sur son portable, mais l'appel ne semblait pas passer. Il ré-essaya, en vain. Il constata alors que son portable ne captait aucun signal. Il tenta de se déplacer en plusieurs endroits du site, mais son téléphone affichait toujours « No Signal ».

Il lui fallait parler à quelqu'un ou il allait devenir fou.

Il retourna dans l'Institut et entra dans le premier bureau qu'il trouva pour décrocher un téléphone et appeler le network.

Mais la ligne n'offrait aucune tonalité.

Dans le bureau se trouvait un petit téléviseur. Il l'alluma avec nervosité, car il savait déjà ce qu'il allait trouver : rien. Pas une chaîne en réception. C'était comme si un filet invisible s'était abattu sur l'Institut et rendait impossible toute communication. Léo avait déjà entendu parler de bombes ERP, dites électromagnétiques. Celles-ci ont la capacité en explosant à basse altitude de « griller » littéralement tout dispositif électronique, paralysant ainsi l'adversaire en réduisant à néant sa capacité de communication. Le Chant aurait-il ces propriétés ? Serait-il assez puissant pour brouiller toute communication ?

Alors que ces pensées se bousculaient dans sa tête, Léo regarda nonchalamment l'horloge électronique posée sur le bureau qu'il occupait. Celle-ci était bloquée sur 10 heures 30, heure de son réveil, probablement par le même filet électromagnétique qui paralysait tout réseau. Léo se dit que sa bonne vieille Rolex mécanique échappait au filet électromagnétique et pourrait lui donner la véritable heure. Mais elle affichait aussi 10 heures 30 ! Il la remonta, puis la secoua vigoureusement, mais il n'entendait toujours pas ce « tic-tac » qui l'empêchait de s'endormir le soir et l'amenait alors à glisser sa montre sous son matelas.

— L'heure et une voix ! Il me faut l'heure, et entendre une voix ! Je suis prêt à entendre n'importe quelle connerie, mais il me faut entendre un humain MAINTENANT !

Léo ressortit au pas de course du bâtiment et se dirigea vers sa voiture. Il exhala un long soupir de soulagement en la démarrant : son moteur n'avait visiblement pas été affecté par le Chant. Il enclencha la première, engagea le véhicule sur la route, alluma sa radio et effectua un scan sur toutes les fréquences. En vain. Il baissa alors le volume, mais laissa la radio allumée. Il pourrait ainsi identifier l'étendue du brouillage.

Insensiblement, il accéléra son allure. Il n'était pas à l'aise dans cet institut désormais vide en lisière du désert. Il n'était pas à l'aise de ne pas avoir retrouvé Franck. Il n'était pas à l'aise de s'être réveillé après dix-neuf heures d'inconscience.

En entrant dans Downtown Los Angeles, sur le boulevard Santa Monica, il accéléra encore un peu. Il allait enfin retrouver un semblant de normalité après ces dernières heures délirantes. Il rentrerait au bureau, s'occuperait de Juliette et prendrait une bonne douche bien chaude qui lui remettrait les idées bien en place. Tout ceci avait une explication, une certaine logique, il en était sûr. Et il allait la trouver.

Il la vit traverser trop tard.

Elle était déjà beaucoup trop engagée sur le passage.

Et il allait trop vite.

Mais qu'était-ce, au juste ?

Il n'avait vu qu'une ombre.

Il tenta de stopper net. Ses pneus crissèrent sur l'asphalte, sous la pression conjuguée des freins à disque et du frein à main, et une gerbe de fumée jaillit sous le véhicule qui partait maintenant en travers. Léo contre-braqua pour essayer de garder le contrôle de son véhicule, mais la direction ne répondait plus.

Il y eut comme un bruit sourd et un cri déchirant.

Puis...

Le SILENCE.

Blog de Franck Waterlink
Fondateur de *Renaissance*

RÊVERIES PERSONNELLES

6 juin

Objectivité de la réalité visible

Étant légèrement daltonien, j'ai été assez rapidement confronté à la problématique de l'objectivité de la réalité visible. Alors que tous mes petits camarades en cours de peinture faisaient en toute simplicité la différence entre un bleu marine et un noir et produisaient des nuits étoilées des plus subtiles, j'en étais réduit à utiliser uniformément l'un comme l'autre pour produire un ciel des plus noirs et brut à mes yeux. De cette souffrance pré-pubère, j'ai au moins compris intimement que chaque vision du monde est unique et personnelle et bien détachée de la réalité.

Car au-delà du daltonisme, pour une même scène vécue, combien de récits différents ? « Il venait rapidement de la gauche », dit l'un. « Je ne l'ai pas vu venir », dit l'autre. « Il a brutalement accéléré », dit un troisième. « Il avait une vitesse constante », dit le dernier. Notre champ d'attention est limité, et notre cerveau doit trier

et classer. Ce classement s'opère souvent en fonction de critères d'importance que NOUS avons fixés. Ce qui nous mène à ne pas voir la même scène.
Jusqu'ici, c'est plutôt simple à appréhender, et cela n'empêche pas que la scène ait réellement existé.
Mais si personne ne la regarde, cette scène, existe-t-elle vraiment ?
En d'autres termes, le monde a-t-il besoin de la conscience pour « être » ?
Au niveau quantique, rappelez-vous, tant qu'elle n'est pas observée, la particule est dans une infinité de positions, constituant un nuage de probabilités. En extrapolant, et, bien entendu, ceci n'engage que moi, tant qu'elle n'est pas observée, une scène pourrait-elle être dans une infinité de scénarios ?
Une théorie en vigueur dit qu'une fois qu'un objet est observé, il se fige dans une position déterminée, mais dans NOTRE univers. Il continue à assumer une infinité de positions dans une infinité d'univers PARALLÈLES. Donc, pour en revenir à la scène observée, celle-ci se « figerait » dans notre univers. Mais dans une infinité d'univers parallèles se dérouleraient une infinité de scénarios alternatifs.
Des preuves ? Je suis bien incapable d'en avoir ! Mais que mon esprit soit susceptible d'imaginer un tel scénario alors que je n'ai jamais foutu les pieds dans un univers parallèle, comme personne d'autre d'ailleurs, a de quoi me donner le tournis, tant je lui découvre des capacités d'abstraction insoupçonnées. Alors, pourquoi pas des

univers parallèles et une réalité qui décidément nous glisse à chaque seconde entre les doigts ?

Blog de Franck Waterlink
Fondateur de *Renaissance*

RÊVERIES PERSONNELLES

7 juin

Objectivité de la réalité visible - 2e partie - Comportement à adopter

Suite à vos très nombreux commentaires sur mon blog, je voudrais revenir sur un point qui est effectivement critique, à savoir l'attitude à adopter face à « l'irréalité » du réel. Car effectivement, en attendant, il faut bien payer le loyer, l'électricité et nourrir femme et enfants.
Et pour preuve que ceci a une certaine tangibilité, le coup de fil désagréable du propriétaire si j'oublie de verser le loyer en temps et en heure !

Je vais en décevoir beaucoup, mais je n'ai pas beaucoup de réponses si ce n'est : c'est comme ça, alors faites-le !
Il y a une logique de cet univers « concret », qui est là et qu'il faut respecter. On ne peut, dans cet univers, voler ou sauter du troisième étage. Cela ne fonctionne pas !

La programmation « vol du troisième étage » n'a pas été effectuée. Donc faites très attention !
OCCUPEZ-VOUS DE VOS ENFANTS !
PAYEZ VOTRE LOYER !

En l'air...

Léo mon Amour,

Il ne nous reste que très peu de temps, maintenant.

Et ici tout s'affole.

Jamais les cieux n'ont été aussi tourmentés, les nuages si menaçants, l'atmosphère si dense et la nuit si noire.

Qu'avez-vous fait, Léo ? Ne savez-vous toujours pas, après tant d'années, que l'on ne peut dérober le feu aux Dieux impunément ? Mais voilà, tel est fait l'homme conquérant, au cœur brûlant de désir, jamais rassasié d'aventures ni de découvertes, toujours en quête de sens, repoussant sans cesse ses limites, mû par cet orgueil fou qui l'a si souvent aveuglé et si souvent servi.

Cette fois, c'est la fin, Léo.

Rien ni personne ne pourra mettre un terme à cette folie furieuse qui, d'un trait de plume, va balayer plus de cinq milliards d'âmes emplies de joie, de haine, de doutes, d'espoirs...

Cinq milliards d'âmes...

Désormais toutes au seuil...

... de l'éternité...

Los Angeles – 10 heures 30

C'était un miracle qu'il soit encore vivant.

Il ne restait presque plus rien de la Ferrari de Léo, encastrée – non, enroulée – sur le poteau des feux de signalisation du Santa Monica Boulevard.

Léo essaya de bouger ses doigts, ses orteils, sa tête, et fut soulagé de constater que tout était encore en place et visiblement fonctionnel. Il tenta alors de se relever de son fauteuil et ressentit une douleur terrible à l'épaule gauche. Il tourna la tête et constata avec effroi que celle-ci était bloquée sous un morceau de tôle arraché de la portière. Il tenta de se dégager et poussa un hurlement : des éclats de tôle s'étaient fichés dans la chair de son épaule.

Il était comme cloué à son fauteuil.

— À l'aide ! Aidez-moi ! À l'aide !

Léo n'entendit pour toute réponse que le petit crépitement des flammes qui commençaient à lécher le siège passager.

— C'est pas vrai, je ne vais quand même pas rôtir dans ma voiture ! C'est donc ça, l'enfer ?

Merci pour le service et l'accueil ! Ah, bravo ! Mais putain, quelle idée m'a pris de me lever de mon lit ce matin ?

Il commençait à faire de plus en plus chaud dans l'habitacle. Léo essaya de défaire sa ceinture de sécurité, mais celle-ci était coincée sous le morceau de tôle au niveau de son épaule. Il n'avait pas le choix, il devait absolument dégager au plus vite la tôle qui le retenait prisonnier, ou il allait mourir brûlé vif.

Léo prit une grande inspiration et, de sa main droite, repoussa de toutes ses forces la tôle vers le haut. Mais rien ne bougeait. Il tenta alors vers la gauche, mais le mouvement ne fit que remuer les éclats fichés dans sa chair et lui arracha un cri de douleur.

— Est-ce que quelqu'un peut venir m'aider ? Je suis coincé dans la voiture !

Léo perdait de plus en plus de sang. La violence du choc, combinée à ce qu'il vivait depuis vingt-quatre heures, commençait à avoir raison de ses réserves d'énergie, et il semblait pourtant qu'il ne pouvait compter que sur ses propres forces pour se sortir maintenant de ce pétrin. Il fit une nouvelle tentative pour repousser le morceau de tôle vers le haut en prenant appui sur sa main droite et sur ses deux jambes. En vain. Mais au cours de la manœuvre et sous la pression, son fauteuil avait légèrement bougé vers l'arrière, lui permettant de dégager un peu son épaule.

C'était sa dernière chance.

Léo se pencha alors vers l'avant et glissa fébrilement sa main droite sous son siège pour attraper le levier qui permettrait à son siège de reculer. Après quelques tâtonnements, il s'en saisit enfin et contracta tous les muscles de ses jambes prêtes à faire pression pour reculer au maximum le siège.

Puis il tira.

Son fauteuil fut brutalement projeté vers l'arrière et il crut sincèrement que son épaule était restée accrochée au morceau de tôle. Un voile noir obscurcit sa vue. Il allait s'évanouir, alors qu'il avait enfin réussi à se dégager ! Mais l'intense chaleur des flammes qui consumaient maintenant une bonne partie de l'habitacle le tira de sa torpeur.

Il s'extirpa de son fauteuil dans un ultime effort de volonté, rampa vers l'arrière du véhicule, passa au-dessus du coffre et se laissa lourdement retomber sur le dos, contre le bitume.

Ses yeux fixaient maintenant intensément le ciel bleu cristallin de cette journée de mai. Le soleil dardait de ses rayons brûlants son visage – ou étaient-ce les flammes ? Il ne savait plus.

Pourquoi personne ne venait à son secours ? Qui avait-il percuté ? Avait-il tué quelqu'un ? Pourquoi le boulevard d'ordinaire si agité à cette heure était-il aussi silencieux ?

Et enfin, toujours la même question : QUELLE HEURE ÉTAIT-IL ?

Après quelques minutes, il tenta péniblement de se mettre sur le flanc pour regarder autour de lui.

Le boulevard était totalement désert et la scène irréelle.

Saisi d'un frisson, il parvint à se relever complètement et commença à inspecter les lieux pour retrouver sa « victime ». Il était sûr d'avoir vu traverser quelqu'un, même s'il n'aurait su décrire la personne, tant la scène avait été fugace. Il commença à inspecter les commerces du boulevard. Ils étaient déserts, mais tous ouverts. Il repéra sur le boulevard un horloger. Au moins, il allait enfin pouvoir avoir la réponse à sa dernière question !

Il hâta le pas vers la vitrine.

— 10 heures 30 encore ! Mais c'est pas possible ! Ça fait presque deux heures que je suis réveillé et il est toujours 10 heures 30 ! Los Angeles est sous le coup d'une attaque électromagnétique, c'est ça ? Ça doit être ça, c'est sûr ! Et on a fait évacuer toute la population, évidemment ! Toute une population de quatre millions de personnes, en moins de douze heures, sauf moi... Voilà au moins un début de commencement d'explication rationnelle, même s'il y a quelques zones d'ombre, il faut l'avouer... En parlant d'ombre, voilà un moyen de connaître l'heure !

Léo entra chez l'horloger et espéra sincèrement trouver un objet dont il avait jusqu'ici oublié l'existence tellement il lui paraissait archaïque. Le cadran solaire qu'il cherchait désespérément du regard était devenu aujourd'hui une des clés naturelles qui lui permettrait de conserver un semblant de raison.

— Bingo, enfin un peu de chance !

Là, accroché au mur, au-dessus du comptoir de vente, telle une précieuse relique qui n'était même pas à vendre, un cadran solaire en bronze, avec l'heure universelle ainsi que l'heure locale, heure d'été comme heure d'hiver. Léo se jucha sur une chaise derrière le comptoir, décrocha le cadran, sortit du magasin, et positionna le cadran solaire en suivant les instructions inscrites sur le plateau.

— Non ! Non et non ! Encore 10 heures 30 ! Je ne suis pas scientifique, mais ça, c'est rigoureusement impossible, un cadran solaire n'est pas sensible aux ondes électromagnétiques ! Bon sang, je deviens dingue ! SORTEZ-MOI DE LÀ ! RÉVEILLEZ-MOI !

Sous l'effet de la panique, Léo s'était mis à hurler.

De son épaule gauche, sévèrement touchée, s'écoulait encore beaucoup de sang.

Il avait peur, maintenant. Pas de ces peurs dont on sait qu'elles vont passer, dont on connaît inconsciemment la limite. Mais LA véritable peur, qui envahit chacune des cellules, les paralyse, les transforme selon sa volonté pour vous entraîner au plus profond des abîmes, de cette folie dont on ne pourra plus ressortir.

Et depuis une éternité,
le soleil, lui,
n'avait toujours pas bougé dans le ciel.

Blog de Franck Waterlink
Fondateur de *Renaissance*

RÊVERIES PERSONNELLES

8 juillet

Histoire zen

Je vais vous conter une histoire zen que j'apprécie beaucoup.
Deux moines regardent un drapeau qui flotte au vent. Le premier moine dit : « Le drapeau ondule. » Le second dit : « Non, c'est le vent qui bouge. » Arrive alors le maître ; l'un des deux moines lui demande : « Qui de nous deux a raison ? Je dis que le drapeau bouge et il affirme que c'est le vent qui bouge ! » Le maître répond alors : « Vous avez tort tous les deux. Seule la conscience bouge. »

J'ai médité longuement cette histoire. Notre conscience est partie prenante de notre représentation de l'univers. En bougeant, notre conscience crée le monde en l'imaginant. À quel degré ? Difficile de se prononcer, étant juge et partie. Mais Carl Gustav Jung disait : « Tout ce qu'il est possible d'imaginer est du réel en puissance. »

Et c'est vrai, tout ce que vous avez réalisé a d'abord été IMAGINÉ. Lorsque l'homme a marché sur la Lune, il a d'abord IMAGINÉ cette histoire, il s'y est projeté, il y a cru. Et il l'a matérialisée. Et que dire de ceux qui ont cru au début du siècle VOLER ? « VOLER ? Quelle drôle d'idée ! Mais vous êtes fou, mon brave ! À lier ! Enfermez-le immédiatement ! »

Allons plus loin maintenant et imaginons que nous ne sommes plus dans un schéma cause-effet « je désire, j'imagine, puis je réalise », mais dans une simultanéité. Que nous convertissons instantanément par notre conscience l'énergie atemporelle de l'univers en réalité perceptible, continue, chronologique.
Pourra-t-on alors un jour accéder sensoriellement à cette soupe d'énergie ? Pourra-t-on VOIR le monde de cette manière inédite ? Pourrons-nous un jour créer une brèche et déchirer ce voile ? Ou sommes-nous condamnés physiologiquement à n'en voir qu'un succédané, une représentation agréable et acceptable à nos sens, enfermés pour toujours dans cette caverne si chère à Platon ?
Mais peut-être tout ceci n'est-il qu'un rêve et la divagation d'un pauvre fou qui bute quotidiennement sur la limite de sa compréhension et se résout alors à faire appel à son imagination la plus débridée...

20 kilomètres au sud de Los Angeles

L'imposant 4X4 que Lucien avait emprunté pour cette opération filait maintenant à vive allure.

Mais comment en étaient-ils arrivés là ? La brèche défiait toutes les probabilités possibles et imaginables. Jamais, ô grand jamais, ils ne se seraient attendus à un tel chambardement aux conséquences si dramatiques. Voilà que les cieux s'ouvraient droit devant les hommes et que ces derniers pouvaient accéder presque librement au temps et à l'espace !

Sur la banquette arrière, la fillette était maintenant en pleurs. Lucien hocha la tête ; il aurait bien du mal à la convaincre de faire ce qu'elle avait à faire (et dont il n'avait d'ailleurs pas la moindre idée) s'il ne tentait pas de l'amadouer. Il avait toujours été pataud dans ce genre de situation. Son truc à lui, c'étaient les idées bien plus que les hommes. Il éprouvait bien évidemment de l'affection pour eux, mais dès qu'il s'agissait de créer du relationnel, de parlementer ou de négocier, il partait en courant et en laissait le soin à un de ses confrères bien plus doué que lui.

— Juliette, je voudrais que tu arrêtes de pleurer, maintenant.

— Non. Jamais ! Ramenez-moi à la maison !

Et Juliette se mit à hurler de plus belle. Elle avait décidé de le faire exprès. Il finirait bien par craquer, il arrêterait sa voiture, et elle en profiterait ainsi pour s'enfuir.

— Jamais ! Jamais !

— Juliette, tu veux bien m'écouter une minute ?

— JA-MAIS ! JA-MAIS !

— JULIETTE, ÇA SUFFIT MAINTENANT !

— JA-MAAAAAAIS !!!

C'en était trop. Lucien pila brusquement et se rangea sur le bas-côté. Ce n'était pas parce qu'elle détenait la solution au problème que cette gamine allait lui pourrir une route qui était déjà bien assez longue comme ça !

Comme prévu, la gamine souleva la poignée, appuya de toutes ses forces sur la portière, s'expulsa d'un bond du véhicule et se retrouva tête la première le nez dans la poussière. Elle pédala quelques instants pour se relever, enjamba en un éclair le parapet et courut comme une fusée à travers champ.

Bloqué par les véhicules qui déboulaient sur sa droite, Lucien dut enjamber le siège passager pour sortir par la gauche. Il suait abondamment sous son grand manteau bleu. Et la gamine filait maintenant à toute allure vers les habitations les plus proches.

Il s'était juré de ne jamais refaire ce qu'il allait faire.

La dernière fois, il avait vraiment eu trop de problèmes.

Mais ses chances d'atteindre la petite à pied étaient quasi nulles. Elle devait bien avoir deux cents mètres d'avance maintenant, et la maison la plus proche était à cinquante mètres au devant.

Il regarda avec attention autour de lui. Les véhicules allaient très vite et il n'y aurait vraisemblablement pas de problème de ce côté. Quant aux habitations, là encore, s'il se dépêchait, les conséquences potentielles seraient mineures.

C'était la jeune femme qui travaillait sur son potager au fond du champ qui l'inquiétait.

« Une chance sur deux », se dit-il. « Si elle pouvait s'occuper avec attention de son plan de tomates pendant vingt secondes, ça m'arrangerait. »

La gamine était presque au bout du champ et elle ne semblait pas prête de ralentir. Dans quelques secondes, dix tout au plus, tout serait perdu.

Alors Lucien enleva son écharpe rouge.

Puis il fit glisser par terre son joli manteau bleu marine.

Et il prit son envol.

Los Angeles, institut Renaissance

Franck avait de nombreuses fois disserté sur les univers parallèles. Sur son blog, au cours d'émissions diverses, à la télé, à la radio. Sa vision était en phase avec certaines des dernières théories les plus extrêmes concernant ces univers, à savoir qu'ils n'étaient pas physiquement perceptibles, mais qu'il fallait les envisager en termes de probabilités. Le monde tel que nous le percevons serait en fait issu d'un « nuage » de probabilités représentant une infinité de scénarios, scénarios qui se seraient figés en UN scénario sous le coup de notre observation. Il n'y aurait pas d'accès possible « physiquement » à ces univers, mais mentalement, il serait peut-être envisageable d'accéder à ce nuage de probabilités représentant l'infini des possibles... voire plus.

Il n'aurait jamais imaginé pouvoir découvrir de ses propres yeux un jour un de ces possibles, comme il venait de le faire. Quel cadeau merveilleux et quel mystère ! C'était comme si l'univers décidait de lever pour lui un coin du voile, un voile qu'il s'était justement promis de lever en fondant *Renaissance*.

Ce n'était pas uniquement la perception du temps qui était affectée par le Chant. C'était la perception de l'univers tout entier. Cette découverte était vertigineuse... et terrifiante pour le genre humain.

Car en ce moment même, sur cette terre, d'autres individus, à l'écoute d'un chant très particulier, étaient peut-être en train de perdre mentalement tous repères partagés de temps et d'espace... pour accéder à un nirvana d'énergie pure.

Franck ne fut tiré de cette rêverie que par la sonnerie de son téléphone.

On avait retrouvé Léo dans un local au sous-sol de l'Institut.

Il était inconscient.

Et il saignait abondamment de l'épaule gauche.

Blog de Franck Waterlink
Fondateur de *Renaissance*

RÊVERIES PERSONNELLES

9 juillet

Des milliers de soleil

Le ciel était clair comme l'eau des roches et une légère brise promettait mille caresses à celui qui saurait arrêter sa course folle pour se poser là, immobile, le visage tourné vers le soleil.

Nous avions décidé de courir la campagne, en quête de mille et une aventures extraordinaires. Peut-être que quelque part, à l'orée de cette clairière, au fond de cette rivière, ou encore tapis dans ce bosquet, se trouvaient de nouveaux compagnons de jeux ? Devenus les explorateurs d'un monde nouveau sur lequel nous avions posé le pied après un voyage mouvementé dans un vaisseau fantastique, nous nous étions maintenant fixés comme mission d'en rencontrer les premiers habitants, fussent-ils hostiles et armés.

Nous avions ce jour-là décidé après d'âpres discussions d'explorer les innombrables tunnels de la carrière. On

racontait que ces tunnels étaient hantés, mais c'était justement ce qui nous attirait !
Après une bonne heure de marche à travers la forêt, nous cheminions maintenant sur un petit sentier escarpé qui semblait se rétrécir à l'infini. Le soleil avait presque disparu - si vite ? - pour laisser place à un crépuscule qui nous offrait une visibilité très réduite. Mon camarade de jeu menait la marche, mais son pas semblait de plus en plus hésitant. Je n'avais jamais fait l'école buissonnière et lui faisais aveuglément confiance, mais l'heure tournait et nous devions être de retour avant 18 heures si nous voulions éviter les foudres du principal.
Je le questionnais alors pour m'assurer qu'il connaissait bien le chemin, et il fit bonne figure en rétorquant que la route n'avait aucun secret pour lui. Mais au timbre de sa voix, je devinai aisément qu'il n'en savait fichtre rien. Il avait dû visiter la carrière en plein jour. De plus, les sentiers étaient nombreux dans le coin et ils se ressemblaient beaucoup.
Tout ce qui était si clair quelques instants plus tôt nous semblait maintenant particulièrement confus. J'avais l'impression que chaque pas que je faisais me demandait un effort monumental. Et le sentier qui ne devait pas dépasser une petite trentaine de centimètres de largeur surplombait maintenant dangereusement une falaise haute d'au moins une quinzaine de mètres, à sa droite.
Furieux et inquiet, je décidai de rentrer. Mais alors que je faisais demi-tour, un bloc de terre détrempée par les pluies violentes des derniers jours se détacha et je

glissai immédiatement vers la paroi à pic. Mon camarade hurla, se jeta au sol, me tendit la main, mais c'était trop tard : je dévalais à grande vitesse la paroi tel un pantin désarticulé.
Je fis une chute de plus dix mètres et suis resté inconscient plus de trois heures, le temps pour mon camarade d'aller chercher les secours.
Pendant ces trois heures, mon esprit a continué de fonctionner à une vitesse surmultipliée, même si mon corps, lui, ne voulait plus bouger. Je m'en souviens parfaitement. Et j'ai vu, j'ai vu pendant ces trois heures des choses que je comprends toujours pas. J'ai vu ma vie, ma toute jeune vie, défiler. J'ai pris de la hauteur et j'ai vu instantanément ma planète, ma bonne vieille planète terre, tourner devant mes yeux. Puis je suis parti loin, très loin, au cœur du vide interstellaire.
J'ai vu là-bas des milliers de soleils.
Et ils ont réchauffé mon cœur.
Puis je suis reparti en arrière aussi vite que j'étais venu.
Pour me réveiller une seconde fois à la vie au fond de cet étrange ravin.

Blog de Franck Waterlink
Fondateur de *Renaissance*

RÊVERIES PERSONNELLES

10 juillet

Univers et limitation de vitesse

L'univers est gouverné par des forces qui dépassent notre entendement et nos minuscules échelles de mesure. Avez-vous déjà imaginé ce que donne la collision de deux galaxies ? Oui, vous avez bien dû voir ces images une fois ou deux, avec deux grosses spirales côte à côte. À la vue de ces images, la première de nos réactions d'humains est d'imaginer une sorte de mouvement au ralenti. Les deux spirales se rapprocheraient lentement et jaillirait de ce choc une lumière un peu aveuglante. Comme si « gigantisme » était corrélé dans l'univers à « lenteur », « lourdeur ».

C'est vrai sur notre petite terre avec sa gravité élevée, et nous en faisons l'expérience à chaque minute, à chacun de nos déplacements. Mais dans le vide interstellaire où la gravité est nulle, les étoiles ne respectent aucune limitation de vitesse !

Ces deux galaxies un peu pataudes foncent l'une vers l'autre à la vitesse de 500 000 km/h !
Pour mieux comprendre maintenant, fermez les yeux et imaginez que vous faites partie d'une de ces deux galaxies. Vous êtes un petit astéroïde dont la surface n'est que de quelques kilomètres. Ça, vous pouvez l'appréhender. Il fait un peu froid, - 272°, mais cela ne vous fait pas vraiment peur. Et vous faites à 500 000 km/h douze fois le tour de la terre en cinq minutes. Ce qui ne vous laisse pas beaucoup de temps pour regarder les vaches par le hublot...
Et là, à votre droite, surgissent à la même vitesse plus d'une centaine d'astéroïdes comme le vôtre, en face de vous une planète grosse comme deux fois la terre, derrière vous un soleil gros comme trente fois la terre. Et la planète que vous êtes parvenu(e) à éviter de justesse avec vos réflexes ultra-acérés (et parce qu'après tout, c'est vous le héros ou l'héroïne de cette petite histoire !), cette planète se jette dans le soleil comme un vulgaire caillou dans un océan de lave. Et tout autour de vous, des millions de planètes, soleils, astéroïdes se télescopent, explosent, s'absorbent, dans un billard cosmique qui va durer dix, cent, mille ans...
Épuisé et sentant vos réflexes s'émousser, vous décidez alors de quitter le champ de bataille. Vous donnez une impulsion vers le haut et une dizaine d'années plus tard, vous voilà en bordure de votre galaxie. Les corps célestes sont déjà plus clairsemés, il y a moins d'explosions, moins de bruit, vous y voyez un peu plus clair.

Vous donnez une dernière impulsion et vous sortez définitivement de votre galaxie, pour rejoindre la terre.
Vous ne voyez alors plus que deux grandes spirales, agitées çà et là par des éclairs, comme deux gros nuages.
De loin, vous voyez encore un peu de mouvement, mais les spirales vous paraissent bouger lentement.
Dix millions d'années plus tard, vous êtes de retour dans notre banlieue terrestre. Vous vous retournez une dernière fois et ne voyez plus qu'un tout petit point.

La bataille est terminée depuis bien longtemps.
Le calme est revenu dans votre galaxie.

Los Angeles, institut Renaissance

Après avoir reçu les premiers secours pour stopper l'hémorragie de son épaule gauche, le corps toujours inanimé de Léo avait été amené dans le département « Recherches Cérébrales » de l'Institut. Ce département menait des expériences sur les états modifiés de conscience qui pouvaient être provoqués par la méditation, la prière, le jeûne ou les drogues, et les interactions corps-esprit qui en résultaient. En ce qui concerne la méditation par exemple, les recherches avaient clairement établi que le métabolisme du sujet méditant se modifiait profondément, entraînant une diminution du rythme cardiaque et provoquant une augmentation des ondes cérébrales dans le spectre de l'alpha. Quel était l'impact de ces modifications sur l'individu, et quelles interactions nouvelles avait-il avec son environnement, ou avec d'autres sujets méditants ? Que se passait-il au niveau de l'infiniment petit ? Pourquoi notre perception était-elle impuissante à saisir ces phénomènes ? Autant de questions qui menaient parfois au bord du gouffre du spirituel.

Ryan Adams dirigeait ce service d'une main de fer. Un esprit brillant, mais tyrannique se cachait sous ce petit bonhomme d'1 mètre 65, pure boule d'énergie concentrée toujours prête à exploser, qui était bien le seul à l'Institut à arborer une blouse blanche de scientifique, comme pour mieux réaffirmer son appartenance.

Franck respectait son travail, mais n'appréciait pas sa personnalité. Il n'avait pourtant plus le choix : s'il souhaitait en savoir plus sur le chant mystérieux, il ne pouvait plus faire l'impasse sur le département de Ryan. Les terribles phénomènes cérébraux provoqués par le Chant en témoignaient.

— Je ne comprends vraiment pas comment tu as pu mener en solo cette expérience sur ce soi-disant chant mystique. Quelle désinvolture et quelle inconscience ! Tu vois maintenant le résultat !

Le ton était donné. Ryan avait beau être grassement payé par Franck, il ne reconnaissait à ce dernier aucune expertise et clamait haut et fort qu'il était le seul à pouvoir apporter une véritable légitimité à *Renaissance*. À plusieurs reprises, Franck avait failli le virer sur le champ, mais au fond, il savait qu'il avait raison.

— Écoute, Ryan, il y a de fortes probabilités qu'il se passe quelque chose de très grave en ce moment. Avant de mettre tout le monde sur le pont, j'ai juste voulu mener ma petite enquête. Rassure-toi, je n'ai pas l'intention de marcher sur tes plates-bandes.

Ryan se pencha sur Léo pour observer sa blessure. Puis il se releva avec un sourire ironique et, d'un geste désinvolte, pointa du doigt le corps inanimé :

— Il n'empêche que ce que je vois là n'est pas joli-joli, non ? Car vois-tu, nous avons maintenant dans notre institut Léo Laudau, étoile montante du monde des affaires de la Côte Ouest, inanimé et très dangereusement blessé. Pour une petite enquête, tu n'y vas pas de main morte !

Franck était effondré.

— Je ne comprends pas. Je ne comprends pas ce qui a pu lui arriver. Comment a-t-il pu se blesser aussi salement dans l'Institut ?

— Moi non plus je ne comprends pas, Franck. Écoute, je pense qu'il faut que tu souffles un peu d'accord ? Cette histoire est plutôt excitante, je te le concède, mais nous devons garder notre sang-froid et agir de manière scien-ti-fique. Accorde-toi une petite demi-heure de sieste dans ton bureau et je passe te voir avec nos premières conclusions.

Après avoir raccompagné Franck dans son bureau, Ryan retourna dans la salle ou était surveillé Léo et scruta de longues minutes les écrans de contrôle. Son regard s'appesantit sur le bandage qui couvrait l'épaule du blessé et qui était rougi par le sang. Il prit alors son téléphone mobile et composa un numéro qu'il ne pensait pas avoir à utiliser aussi tôt.

— Ici, Ryan Adams. Je dois venir au plus vite. Nous avons maintenant un très très gros problème.

Blog de Franck Waterlink
Fondateur de *Renaissance*

RÊVERIES PERSONNELLES

14 juillet

Esprit et matière

Les recherches concernant le pouvoir de l'esprit sur la matière ont occupé les laboratoires gouvernementaux américains et russes top secrets pendant deux bonnes décennies. Dès la fin des années cinquante, des centaines d'expériences de télépathie et télékinésie (déplacement d'objets à distance) furent conduites sur des cobayes réputés particulièrement doués. Pouvoir deviner les intentions de l'adversaire à distance, voire influencer son comportement, quelle arme absolue ! Mais cette voie se trouva être au bout de quelques années sans issue, car les sujets « sensibles » étaient trop peu nombreux pour des programmes de détection et d'entraînement trop lourds. On n'a jamais trouvé « la perle », celui ou celle qui serait tellement au-dessus du lot qu'il représenterait un réel atout et justifierait à lui seul l'investissement. Je ne dis pas qu'il n'existe pas. Mais le filet de détection mis en place n'était peut-être pas assez fin. Il aurait fallu soumettre TOUTE la population aux tests, ce qui, outre le fait que c'était rigoureusement impossible, allait bien évidemment à l'encontre du secret complet qui devait entourer de telles recherches. Les recherches dans cette voie furent donc abandonnées.

Vers la fin des années soixante, les drogues de synthèse sont apparues sur le marché et les chercheurs ont avec elles retourné le problème. S'ils n'arrivaient pas à trouver de sujets sensibles, pourquoi ne pas essayer de « sensibiliser » des individus ordinaires ? Et il faut dire que les effets d'un cachet de LSD sur la psyché étaient effectivement étonnants. Avec ces drogues, n'importe quel individu se retrouvait comme muni de nouveaux pouvoirs, aux portes d'un autre univers. Les hallucinations provoquées étaient parfois criantes de vérité. Les objets semblaient s'animer par le simple pouvoir de la pensée, certains individus croyaient « voir » le futur, ou le passé. Dans la majorité des cas, il ne se passait rien « dans le réel » et les visions étaient erronées, mais les chercheurs furent troublés par certains cas de prémonition d'une précision effarante.

Mais ces recherches ont aussi touché leurs limites. Au fur et à mesure, les cobayes voyaient leur santé physique et mentale se détériorer. Ils devenaient accros et perdaient leur fraîcheur initiale. C'est comme si le système avait déclenché des mesures de protection très violentes contre cette intrusion de l'homme dans une dimension qui devait rester à tout jamais cachée. Le mur semblait infranchissable et ce qui était derrière,

aussi merveilleux soit-il, devait rester hors d'atteinte. On n'irait pas plus loin dans cette direction, quelle que soit la drogue employée. On ne ferait que « griller » plus ou moins rapidement cette masse de quelques kilos entre nos deux oreilles que l'on appelle cerveau.
Au début des années quatre-vingt, alors que l'empire soviétique tremblait sur ses bases et que la perspective d'un conflit entre les superpuissances s'éloignait, tous les laboratoires furent officiellement fermés, au grand dam des scientifiques américains et russes qui fondaient de grands espoirs dans ce type de recherches. Certains ont basculé vers le privé, comme ici chez *Renaissance*, pour poursuivre le travail entamé et tenter de comprendre le mystère ultime des interactions corps-esprit.

À vingt kilomètres au sud de Los Angeles, en plein champ

« C'est gagné ! C'est gagné ! » se disait la fillette. « Encore quelques mètres, et ce vilain bonhomme ne pourra plus rien contre moi. J'irai sonner à la petite maison bleue, là-devant, je leur raconterai qu'on a voulu m'enlever et je demanderai à téléphoner immédiatement à papa. Il va alors passer un mauvais quart d'heure, ce Lucien, car quand papa est en colère... »

Juliette jeta un coup d'œil en arrière et ne vit pas l'étranger à ses trousses. Elle réprima un soupir de soulagement et se mit à sourire.

« Peut-être a-t-il abandonné ? En tout cas, moi, je ne ralentis pas tant que je n'arrive pas au-devant de la maisonnette. Allez, plus vite, plus vite ! »

Puis ce fut comme dans un rêve.

Juliette courait, courait à perdre haleine au beau milieu de ce champ, quand Lucien la rattrapa par la taille.

Doucement.

Gentiment.
Tendrement.
Telle un bulle de coton.
Tombée du ciel.

Los Angeles – 10 heures 30

Il avait fallu à Léo de longues « heures », prostré contre un mur à regarder un soleil qui ne se coucherait jamais, pour rendre enfin les armes face à un constat qui défiait toute logique : le temps s'était arrêté à Los Angeles.

Pourquoi ? Comment ? Pour combien de temps – quelle ironie et quelle drôle de question ! Le mystérieux Chant était pour quelque chose dans le phénomène.

Mais comment un chant peut-il arrêter le temps ?

Il avait du mal à accepter la réalité de sa situation, mais son épaule douloureuse lui rappelait sans cesse qu'il ne rêvait pas. Il avait déjà fait des cauchemars horribles, mais jamais avec une telle intensité et un tel niveau de réalisme. Non, ceci était un véritable cauchemar éveillé, une simulation plus que parfaite. Et il se sentait tellement démuni, tellement seul, sans moyen de communication ou d'information !

Au moins, il avait réussi à garrotter son épaule et le sang s'était arrêté de couler.

Après s'être sustenté dans une épicerie à moindres frais – maigre avantage de sa situation que de pouvoir se servir librement de tout, et encore avait-il des scrupules –, il se sentit d'attaque pour agir.

Par où aller ?

À l'Ouest, il irait vers le centre de la ville et pourrait peut-être rencontrer d'autres habitants qui seraient éventuellement susceptibles de lui expliquer ce qu'il s'était passé. À l'Est, il retournerait à l'Institut qu'il savait parfaitement vide.

Bon sang, pourquoi cette cassette avait-elle disparu ? Elle aurait pu lui fournir de précieux indices. Il se décida pour le centre-ville ; de toute façon, il avait tout son temps, non ?

Non sans mal, il réussit à démarrer une Ford Mustang garée sur le boulevard – ils commençaient à se faire rares, les véhicules que l'on pouvait démarrer « à l'ancienne », comme dans les films, en trafiquant les fils sous le volant. Encore une chance qu'il ait quelques souvenirs de sa téméraire jeunesse ! Puis il s'engagea sur le boulevard et prit la direction du siège de son network Los Angeles Four.

Passé le sentiment d'isolement profond provoqué par l'absence de présence humaine, Léo put se concentrer en chemin sur les rues, les habitations, les véhicules. Il avait pensé au début que c'était à cause de la lumière de ce soleil si clair dans le ciel, mais maintenant, il en était sûr : les rues, les habitations, les véhicules étaient d'une propreté qu'il n'avait jamais remarquée à Los Angeles. Tout semblait parfaitement rangé, briqué, poli, comme dans une maison de poupées.

Il stoppa brutalement. Sortit de son véhicule. Et s'approcha de la file de voitures garées le long du boulevard. Dodge, Lexus, Toyota, toutes plus rutilantes les unes que les autres. Pas un grain de poussière, pas une rayure. Du tout neuf. À perte de vue. Il s'engagea alors dans une petite rue et constata avec un mélange de soulagement et d'inquiétude qu'il ne circulait pas dans un décor de cinéma.

Si la population avait fui Los Angeles pour une raison ou une autre, elle aurait laissé peu de véhicules. Et à supposer que cette évacuation ait été réalisée en camions par l'Armée - encore une fois dans un laps de temps humainement impossible, mais ceci n'était à ce stade plus qu'un détail -, un tel mouvement aurait soulevé un minimum de poussière et provoqué un « léger » remue-ménage...

Il n'était pas à Los Angeles.

Il ne savait pas encore où il était, mais il n'était pas à Los Angeles.

Du moins, pas le Los Angeles qu'il connaissait.

Il se mit à murmurer, la voix tremblante :

— Mais que se passe-t-il vraiment ici ? Où suis-je ? Dans un univers parallèle ? J'ai basculé dans un univers parallèle ?

Puis plus fort :

— Mais comment, comment puis-je sortir d'ici ? Comment ?

Puis il se mit enfin à hurler, tel un chien blessé, à la mort :

— JE VEUX SORTIR D'ICI !

Et comme s'il avait définitivement perdu la raison, il se mit à courir à perdre haleine vers l'immensité désertique qui s'étalait devant lui.

CAPRI - Ils n'arrivent plus à se parler dès leur voyage de noces !
NEWS OF THE WORLD - Il y 4 heures

C'est une féerie qui semble tourner au cauchemar. Un jeune couple en voyage de noces au large de Capri s'est présenté au médecin local dans un état très étrange. Le couple affirme au médecin qu'il leur est désormais impossible d'entretenir la moindre conversation cohérente entre eux. Lorsque l'un s'adresse à l'autre, l'autre entendrait une conversation qui aurait eu lieu quinze minutes auparavant, ou pire, qui aurait lieu deux heures plus tard. Le couple affirme être dans cet état depuis qu'il a écouté à la radio une station diffusant des chants qu'il a qualifiés de « grégoriens ». Le couple est actuellement en observation.

Los Angeles, institut Renaissance

Ryan n'avait accordé à Franck qu'un petit quart d'heure de repos avant de le faire chercher. La situation était trop grave pour perdre plus de temps. Ils devaient maintenant agir vite : ils étaient en train de perdre le contrôle, et les événements semblaient tendre vers une catastrophe dont l'ampleur était difficilement imaginable.

Ryan se penchait sur le corps inerte de Léo quand Franck passa la tête par l'embrasure de la porte :

— Reposé ?

— Ça va mieux, merci. Comment va Léo ?

— Son état est stationnaire. Il ne perd plus de sang, mais ce qui nous inquiète, c'est son activité cérébrale qui est hors-norme.

— Qu'entends-tu par « hors-norme » ?

— Disons que c'est comme s'il avait avalé une dizaine de cachets de LSD d'un coup et qu'il faisait en ce moment même le trip de sa vie.

— Alors il peut en mourir ?

— Probablement, mais s'il meurt, ce ne sera pas de ça.

— De quoi alors ?

Ryan resta silencieux un long moment, les yeux fixés sur Léo. Il n'avait pas le choix, il devait en parler à Franck. Il reprit :

— Franck, tu as une idée de ce qui est à l'origine de cette sale blessure ?

— Non, franchement, aucune. Lorsqu'on l'a retrouvé dans le local, il n'y avait rien autour de lui qui puisse avoir provoqué une telle déchirure. Et s'il s'était fait mal ailleurs, on aurait retrouvé des traces de sang jusqu'au local.

— En fait, pendant que tu te reposais, j'ai demandé à voir la vidéo du couloir sur lequel le local donne, ainsi que celle du local même.

— Et alors ?

— Pendant la durée de la disparition de Léo Landau, je n'ai rien vu sur la vidéo, pas une entrée, pas une sortie...

— Mais comment a-t-il pu se retrouver là-bas ?

— Laisse-moi terminer. J'ai ensuite passé la cassette au ralenti...

— Et là ?

— Et là, j'ai vu Léo. C'était très subtil, mais il était bien là. Il est bien descendu dans ce local, a bien ouvert la porte. Mais tout s'est passé... en une fraction de seconde...

Franck écarquilla les yeux.

— Distorsion temporelle ! Ce chant engendre une distorsion temporelle, il crée une brèche qui ralentit ou accélère le temps.

— Pas seulement, Franck. Pas seulement.

Le téléphone mobile de Ryan sonna et il décrocha.

— Ryan Adams ?... D'accord... Nous descendons...

Un frémissement, une agitation inhabituelle qui se faisait entendre jusque sous les fenêtres, parcourut tout le bâtiment. Franck fixa Ryan d'un air interrogateur, mais ce dernier se contenta de le saisir fermement par le bras.

— Franck, je vais te demander de me suivre.

— Te suivre ? Mais te suivre où ?

— Un véhicule militaire nous attend dehors. Ne t'inquiète pas pour Léo Landau, on va aussi le conduire au Centre.

— Le centre ? Quel centre ?

— Un centre militaire dont tu n'as jamais connu l'existence, situé au cœur du désert d'Arizona.

— Mais de quoi me parles-tu, là ? Que font les militaires dans cette histoire ?

— Je suis désolé.

Sous le coup de la chaleur et de ce qu'il venait de découvrir, Franck se mit à suffoquer.

Depuis longtemps, il se savait surveillé par les militaires, ou du moins, il le devinait. Avec ce chant, il avait imaginé sans oser se l'avouer qu'un de ses « associés » était tombé sur un engin militaire expérimental ; il s'était même attendu à être contacté soit pour démentir, soit pour couvrir l'affaire. Mais là... Il vivait une véritable trahison de la part de celui qui était un de ses plus proches lieutenants.

Ryan reprit :

— Franck, tu n'aurais pas dû être impliqué dans cette affaire, mais maintenant, il est trop tard. Tu n'es malheureusement pas mon seul employeur. Je supervise aussi des travaux sur le cerveau pour le gouvernement. Nous avons fait une grande découverte il y a une dizaine d'années. Le sujet est tellement sensible qu'il a été délocalisé dans ce centre construit spécialement. Depuis, rien n'en est sorti officiellement. Il y a deux jours, la machine s'est emballée. Allons-y maintenant car nous devons agir vite. Je te raconterai la suite sur la route.

Franck et Ryan sortirent du bâtiment et montèrent à l'arrière d'un Hummer conduit par deux militaires. Derrière eux, on installait Léo dans un second Hummer spécialement aménagé pour transporter des blessés. Un troisième Hummer fermait le convoi qui, une fois sorti de l'Institut, s'élança à vive allure vers l'est, en plein désert.

— Ryan, pourquoi un troisième Hummer ferme-t-il le convoi ?

— Le niveau de sécurité est maximum. Si, pour une raison ou une autre, un occupant d'un des deux premiers véhicules en prend le contrôle et tente de fuir, il sera rattrapé par les deux autres. Il n'aura aucune chance.

— Tu veux donc dire que nous sommes prisonniers ?

— Je dirais qu'en « quarantaine » est le terme le plus approprié.

— Si tu me disais tout, maintenant que je ne peux plus m'échapper ?

— Je te dirai ce que je juge bon que tu saches.

À ces mots, Franck faillit exploser de rage. Mais ce n'était pas le moment, et il le savait. Il devait en savoir plus avant de décider d'un plan.

Les deux hommes s'enfermèrent dans un silence plein de questions sans réponses.

Une bonne demi-heure s'écoula avant que Ryan ne reprenne la parole :

— Franck, les recherches que nous menons à l'Institut ont été menées il y déjà bien longtemps dans les laboratoires militaires, comme tu le sais. Ce que tu ne sais pas, c'est que le sujet n'a pas été complètement lâché par le gouvernement.

— Je suppose que c'est sous ton impulsion ?

— C'est exact. En fait, une petite révolution nous a permis de franchir un pas décisif dans nos recherches : l'imagerie médicale. Avec l'imagerie par résonance magnétique, nous avons pu commencer à « voir » le cerveau fonctionner en direct ; ceci nous a permis d'isoler des zones particulières du cortex cérébral, toujours stimulées par les mêmes événements. C'est ainsi que l'on sait maintenant où se trouvent physiquement les zones de la créativité, de la logique ou encore du langage. Mes équipes ont utilisé ces nouvelles techniques pour visualiser les zones stimulées chez des patients sous LSD ou en état de transe mystique, et l'on s'est d'abord rendu compte que chez ces patients, les ondes cérébrales étaient modifiées de la même manière. Plus extraordinaire : nous avons découvert que ces modifications étaient identiques, bien que de plus faible intensité, chez n'importe quel individu à l'écoute de certaines musiques religieuses, tribales ou primaires.

« Je paye une fortune depuis maintenant trois ans un scientifique pour découvrir qu'il mène les mêmes recherches au sein d'un labo gouvernemental ! » se dit Franck. « Il va me le payer. »

— C'est une corrélation... merveilleuse.

— Elle l'est. Mais au fond, elle ne fait que confirmer scientifiquement ce que nous avons tous pu éprouver de façon diffuse à l'écoute de musique sacrée - sensation d'apaisement et de sérénité, « transport » de l'âme, voire visions. Sauf qu'aujourd'hui, tout ceci est parfaitement lisible par nos appareils modernes. Transparent.

Ryan fit une longue pause. Le convoi avait maintenant quitté la route principale et s'était engagé dans une voie secondaire en terre. Il se dirigeait vers une petite colline en pierre rouge et Franck crut déceler derrière la colline l'éclat du soleil sur un grand bâtiment brillant.

Le regard perdu au loin, Ryan reprit :

— Nous arrivons ici au cœur de ce qui se passe en ce moment, au seuil de ce qui peut provoquer des bouleversements jamais vus sur terre. Puisque l'on avait découvert concrètement un vecteur entre le *vulgum pecus* et les individus « hors-normes », dotés de capacités extrasensorielles, on pouvait enfin s'atteler à la tâche sans provoquer une destruction du sujet ! On avait un support - la musique sacrée - et un objectif - reproduire à l'identique les émissions cérébrales d'un sujet en transe.

Frank redoutait ce qu'il allait apprendre. Cette découverte aurait dû avoir lieu chez *Renaissance*. C'était pour cela qu'il avait fondé cet institut. Mais il était passé à côté du sujet. Il avait dix ans de retard.

— Laisse-moi donc deviner, Ryan. Vous avez artificiellement créé une musique qui engendre systématiquement des états modifiés de conscience !

— Depuis plus de dix ans maintenant, musicologues et scientifiques travaillent sans relâche sur ce chant-type. Par itérations successives, ils ont réussi à provoquer quasiment les mêmes modifications d'ondes qu'au cours d'une expérience mystique. Ce chant est aujourd'hui composé d'une infinité de couches, d'instruments, de voix qui proviennent des quatre coins du monde, de l'audible à l'inaudible... Et il est extraordinairement harmonieux. C'est peut-être le chemin le plus direct à ce jour vers...

— ... Dieu ?

— Je ne saurais te dire, mais oui, on pourrait l'appeler peut-être véritablement le « Chant des Anges ».

— Mais Ryan, pourquoi es-tu venu chez *Renaissance* alors ? Ce que tu m'énonces est le résultat des recherches nous avons décidé nous aussi d'entreprendre lorsque tu m'as rejoint. Ce projet, c'était ton projet lorsque tu as frappé à la porte. Je l'ai trouvé fascinant, j'ai décidé de le financer immédiatement ! Et maintenant, tu me dis que tout est découvert ?

— Nous ne pensions pas qu'un particulier serait assez fou pour engager plusieurs dizaines de millions de dollars de fortune personnelle sur un tel projet : les interactions corps-esprit, les phénomènes paranormaux... Non seulement tu y as consacré des moyens colossaux, mais tu as surtout su convaincre des sommités de te rejoindre. Au final, tu serais arrivé à la même conclusion que nous.

« Maigre consolation », se dit Franck.

— Il a donc été décidé que je mènerais aussi les recherches sur ce sujet chez *Renaissance,* mais à pas très mesurés.

– Tu veux dire, dans une direction qui n'aboutirait qu'à une impasse !

Ryan ne répondit pas, les yeux toujours fixés sur ce qui était effectivement un bâtiment aux dimensions imposantes. Franck le sentit pour la première fois sombre et déprimé.

– Tu n'aurais jamais eu à le savoir si la situation ne nous avait échappé.

– Comment ça « échappé » ? Ryan, qu'est ce qui vous a échappé ?

– Depuis maintenant un an, les chercheurs ont concentré leurs recherches au niveau de l'infrason et de séquences totalement inaudibles pour l'homme, mais permettant de se rapprocher du train d'ondes cible qui se manifeste au cours d'expériences mystiques puissantes. La dernière version du Chant, élaborée il y a environ deux mois, a commencé à provoquer des phénomènes très inquiétants. En premier lieu, une perte totale de conscience temporelle du sujet au sein de la Zone.

– La Zone ?

– C'est ainsi que l'on a nommé au Centre l'endroit où accède le sujet lorsqu'il est en transe.

– Tu veux dire l'état mental ?

– C'est plus que cela. C'est comme si la conscience accédait véritablement à une autre réalité que nos sens jusqu'ici trop limités n'arrivaient pas à capter. Le Chant agirait comme un déclencheur de certaines capacités enfouies et pour être simpliste, chausserait les yeux du sujet de lunettes lui permettant de « voir » de nouvelles choses autour de lui.

— Et nous, où sommes-nous actuellement, à part dans un Hummer ?

— Nous sommes tous Hors Zone. Ce que nous voyons avec nos sens n'est qu'une infime partie de ce qui est. Le problème, c'est que jusqu'ici, lorsque le sujet écoutait le Chant, il avait l'impression d'être hors du temps, mais il ne décrochait pas. L'expérience ne durait au final que 2 minutes 30, durée du Chant. Mais pour une raison qui nous est inconnue, au cours des dernières écoutes, les patients ont pu rester dans la Zone dix minutes ou vingt-quatre heures, pour un temps d'écoute de 2 minutes 30.

Le cœur de Franck se mit à battre de plus en plus vite. Ce qu'il essayait de comprendre depuis ce matin émanait d'un laboratoire militaire de recherche et les concepts théoriques qu'il manipulait avec tant d'aisance en conférence se déployaient sous ses yeux... pour le pire, semblait-il. Était-il vraiment préparé à cela ? Quelque chose de très gros était en train de se préparer, quelque chose qui le dépassait déjà et dont la force paraissait incommensurable. Et passée la colère, Franck était maintenant partagé entre l'étonnement et une sourde inquiétude face à un phénomène radicalement nouveau.

— Mais que se passait-il après 2 minutes 30, pour vous qui observiez ?

— On n'arrive pas à le savoir.

— Comment ça ? Vous devez bien vous souvenir de ce qui se passe au bout de 2 minutes 30 ?

— Non. Tout se rejoint à la fin de la durée d'écoute du patient, qui comme je te l'ai dit, peut être de plusieurs heures. Au milieu, il y a pour lui un trip extraordinaire et pour nous le vide, un grand blanc temporel. C'est comme si sa bulle nous avait enveloppés, même si nous n'étions pas partie prenante de l'expérience.

— Ryan, je suis perdu, là.

— Nous aussi. Mais ce n'est pas le pire...

— Monsieur, nous arrivons au centre. Nous sommes en attente de l'autorisation de niveau 4.

Le G.I. qui conduisait le véhicule avait commencé à ralentir. Devant le Hummer se dressait maintenant une barrière qui menait à l'intérieur d'une enceinte protégée par une clôture barbelée. Au milieu de l'enceinte s'élevait un grand cube d'environ trente mètres de haut pour quatre-vingts mètres de large, et qui paraissait être composé de métal argenté. Le cube ne comportait visiblement aucune ouverture et les reflets du soleil couchant le rendaient étincelant.

Franck n'avait jamais vu de structure similaire dans aucun complexe militaire, et encore moins civil.

— Nous sommes actuellement scannés aux rayons T. Toute arme, émetteur ou objet divers de quelque matière que ce soit, métal ou plastique, est détecté avec ce nouveau type de rayons qui est beaucoup moins intrusif que les rayons X. C'est comme si l'on pouvait voir sous tes vêtements, Franck.

— Charmant.

— Efficace. On ne peut se permettre aucune fuite d'ici. Encore une petite minute, et si...

Sans aucune raison, le Hummer de Ryan et Franck fut brutalement soulevé du sol d'environ quatre mètres, puis il pivota sur lui-même avant de retomber lourdement sur le toit.

Franck poussa un hurlement de douleur : il s'était cogné le visage contre le plafond. Son nez était en sang.

— Mais qu'est-ce que c'est que ce bordel ? Ryan ?

Ryan ne semblait pas avoir été blessé, mais il avait eu le souffle coupé par la violence du choc. Il tentait de reprendre sa respiration tel un poisson rouge sorti de son bocal. Et Franck crut lire dans ses yeux une terreur indicible.

— C'est justement le pire qui est en train d'arriver, Franck. Le pire.

Los Angeles, à un mètre au-dessus d'un champ

— Il y a vraiment quelque chose qui ne va pas, aujourd'hui.

— Je ne te le fais pas dire, Juliette.

— Non, c'est vrai. Je veux bien voir maman à la télévision, ça c'est presque normal, c'est ma maman, mais là, flotter avec toi au-dessus d'un champ, je ne pense pas que cela soit normal.

— Je te propose d'en discuter sagement dans la voiture. Ce que nous faisons là n'est pas très discret, souffla Lucien.

— Je veux bien redescendre, mais je n'irai pas dans la voiture tant que tu ne m'auras pas dit où tu veux m'emmener et pourquoi. Avec moi, c'est comme ça. Et puis si tu pouvais aussi m'expliquer comment tu voles, ça me permettrait de frimer devant mes copines à l'école.

Un large sourire éclaira le visage de Lucien. Cette gamine avait vraiment un sacré caractère, mais elle lui plaisait de plus en plus. Il reposa délicatement l'enfant sur le sol.

— D'accord. Je vais t'en dire un peu plus sur notre destination, d'abord : nous allons dans le désert.

— Dans le désert ? Quelle drôle d'idée ! Mais que se passe-t-il, dans le désert ?

— Disons que des hommes y ont fait des bêtises que nous devons maintenant réparer.

— Mais quelles bêtises ? Et d'abord, pourquoi toi et moi ? Je les connais, ceux qui ont fait ces bêtises ? Et comment on va les réparer, ces bêtises ? Comprends rien à ce que tu racontes...

Ça se corsait pour Lucien. Il pensait s'en sortir à bon compte avec quelques explications rapides, mais Juliette était vraiment très éveillée pour son âge.

— Comment t'expliquer ça en quelques mots... Disons que les choses ne sont plus comme avant. Et qu'il est dangereux qu'elles aient changé comme ça.

À peine avait-il terminé sa tirade qu'il sentit que ça n'allait pas passer auprès de la fillette.

— Mais elles étaient comment, les choses, avant ? Et maintenant ? Q'est-ce qui a changé ?

— Juliette, tu dois me faire confiance, l'heure tourne et nous avons perdu déjà pas mal de temps avec ta petite promenade à travers champ. Nous avons deux bonnes heures de route et je pense que ce sera bien suffisant pour répondre à tes milliers de questions.

La fillette le fixa intensément.

— Et ma maman ? Tu sais comment la retrouver, ma maman ?

Cette question, il savait qu'elle allait arriver. Il savait aussi qu'y répondre était simple, mais que gérer ce qui allait en découler serait probablement déchirant.

Il prit une grande inspiration.

— Oui, Juliette. Je sais comment retrouver ta maman.

Désert d'Arizona, centre militaire B032

Immédiatement après l'incident, les forces militaires du Centre étaient intervenues pour dégager du Hummer Franck et Ryan, encore sous le choc, mais seulement commotionnés. Le nez de Franck avait cessé de saigner et ils se trouvaient maintenant tous deux à l'intérieur du bâtiment, dans un grand hall désert. Un individu barbu de haute taille, arborant une blouse blanche immaculée, se précipita vers eux.

— Ryan, comment vas-tu ? Nous avons tous vu avec effarement ce qu'il s'est passé sur les écrans de contrôle !

— Ceci ne fait que confirmer ce dont nous avons parlé plus tôt, Peter... Franck, permets-moi de te présenter Peter Lawson. C'est lui qui dirige ce centre.

— Enchanté.

— Je suis désolé de la façon dont vous avez été accueillis ici... Ceci est tout à fait indépendant de notre volonté. Nous avons transporté Léo

Landau en observation et ses jours ne semblent pas en danger pour le moment.

— Excusez-moi, mais je ne comprends pas pourquoi Léo est ici et pas dans un hôpital.

— Ryan vous a bien briefé en route sur l'objet de nos recherches dans le Centre ?

— Oui et nous en étions « au pire », lorsque vous m'avez fait faire un petit tour magique de montagnes russes en Hummer.

— Ce « petit tour de montagnes russes », comme vous dites, et l'état dans lequel vous avez retrouvé Léo Landau sont liés au même phénomène.

— Le Chant des Anges ?

— Exact.

— Mais encore ?

— Léo Landau a écouté le Chant et il a basculé dans la Zone. Il croit peut-être qu'il rêve, mais ce qu'il vit est beaucoup plus complexe qu'un rêve. C'est une autre réalité, une autre façon de vivre le monde et notre univers.

— Vous parlez d'une véritable expérience spirituelle ?

— Pas seulement, et c'est là le cœur de notre problème. Nous pensons que les altérations que son corps peut subir dans la Zone ont une répercussion sur son corps Hors Zone, à savoir dans notre réalité.

— Vous êtes en train de me dire que la blessure qu'il a à l'épaule a été provoquée dans la Zone ?

— Très probablement. Les vidéos de surveillance de l'Institut que Franck a analysées sont formelles. Il ne s'est rien passé dans l'Institut qui ait pu blesser Léo de la sorte. Strictement rien.

— Alors il est en danger ! Il peut lui arriver n'importe quoi là-bas ! Il faut le sortir de là !

— Nous ne savons pas comment faire.

— Comment ça, vous ne savez pas comment faire ? Mais ça veut dire quoi, ça ?

Franck commençait à bouillir d'impatience et de colère. Il serra les poings et se mit à dodeliner dangereusement d'avant en arrière. Pour ceux qui connaissaient bien Franck, c'était le signal d'une agression physique très prochaine... rapide... et brutale.

Ryan, qui voyait l'agression venir, se décida à intervenir pour calmer le jeu :

— Franck, Franck, tu es épuisé par toute cette histoire. Léo Landau est maintenant entre de bonnes mains et notre bloc opératoire est capable d'intervenir vingt-quatre heures sur vingt-quatre, au cas où il se blesserait à nouveau avant son réveil. Nos équipes travaillent d'arrache-pied pour le ramener Hors Zone, et je te conseille maintenant de passer une nuit de sommeil réparatrice dans un des appartements du Centre.

Un bloc opératoire en alerte vingt-quatre heures sur vingt-quatre en plein désert ? Un bâtiment métallique pouvant abriter un Boeing, sans aucune ouverture ? Tout ça pour un centre dont la mission est de produire de la musique ? Ça ne collait pas. On ne laissait Franck accéder qu'à la face émergée d'un iceberg aux profondeurs insondables.

– Tu as raison, Ryan. Je n'ai aucun recul par rapport à ces événements et je suis crevé. Je suppose que vous faites tout ce qui est en votre pouvoir. J'accepte donc volontiers ta proposition.

Franck n'avait pas sommeil.

Plus que jamais, il était décidé à secourir Léo.

Et à découvrir la vérité tapie ici, au cœur des plaines de l'Arizona, dans ce bâtiment militaire à l'allure si particulière.

Route 40, désert d'Arizona

Les brumes de chaleur avaient laissé place à l'éclat rougeaud d'un soleil qui commençait à flirter avec l'horizon. On distinguait maintenant à peine les cactus bordant une route qui semblait s'étirer à l'infini.

C'était l'heure.

L'heure des confidences et des révélations.

Lucien avait à peine pris place dans le 4X4 que « Juliette Idée-fixe-je-veux-tout-comprendre » s'était imposée sur le siège passager, et non la banquette arrière comme il l'espérait. La gamine était maintenant surexcitée par les révélations de Lucien. Il savait où était sa mère. C'était purement merveilleux.

Le mot était on ne peut mieux choisi.

– Bon, maintenant il faut que tu m'expliques toute cette histoire.

– Oui Juliette. Je vais t'expliquer.

– Alors ?

Lucien prit une profonde inspiration et appuya sur l'accélérateur.

100... 110... 130... 150... 170... 190 km/h... La voiture semblait presque flotter sur le bitume surchauffé.

— Lucien ? Tu m'entends ?

— Oui, Juliette, je t'entends. Et maintenant, toi aussi, tu vas bien m'écouter. Je ne veux pas être interrompu par un flot incessant de questions car je dois rester concentré sur ma route. C'est d'accord ?

— C'est d'accord.

— Je vais te dire où nous allons. Nous nous rendons au cœur du désert, où il existe un endroit très particulier créé par l'homme. Dans cet endroit se trouve une source d'énergie incommensurable qui a été libérée alors qu'elle n'aurait jamais dû l'être. Cette énergie peut faire de très grands dégâts dans les esprits de tes semblables, Juliette.

— Mes semblables ? Tu veux dire comme mon papa ?

— Entre autre. Mais ça peut être aussi tes copains d'école, par exemple.

— Et contre toi, elle ne peut rien contre toi ?

— Je ne suis pas comme tes semblables, Juliette.

— Tu es qui alors ?

Lucien se ravisa et hésita un temps.

— Nous ne devrions pas avoir cette conversation, tous les deux.

— Je ne ferai rien si tu ne me dis pas tout !

Il n'avait plus le choix. Elle ferait de leur voyage un enfer si elle n'avait pas la réponse à cette question.

– Juliette, tu as déjà eu l'impression qu'une main invisible te faisait faire des choses qui *a priori* te paraissaient étonnantes, mais qui avaient au fond toute leur justification ?

– Tu veux dire, comme manger dans le pot de confiture avec les doigts ?

Lucien éclata d'un grand rire franc et massif.

– Enfin non, Juliette ! Je pense que tu n'as pas besoin de moi pour ça !

– Alors quoi ?

– Réfléchis bien et souviens-toi. Tu vas traverser la route car tout est calme et le feu est rouge et soudain, tu te ravises, sans aucune raison. Puis une voiture arrive et grille le feu rouge. Tu viens d'échapper à un terrible accident.

– Mais c'est terrible ce que tu racontes !

– Bon, c'est une image. Mais tu vois ce que je veux dire ?

La fillette réfléchit quelques instants en levant les yeux au ciel. Elle avait vu beaucoup d'adultes faire la même chose et était convaincue que cela donnerait plus de poids à ses réflexions.

– Mouais... c'est en quelque sorte comme si tu me disais dans le creux de l'oreille que je ne dois pas traverser au feu, c'est ça ?

– En quelque sorte, oui.

— D'accord. Et tu me parles souvent dans le creux de l'oreille ?

— Oh oui, Juliette. Bien souvent.

— Et comment tu sais que la voiture elle va arriver ?

— Ça, je l'ignore. C'est comme ça. Je sais.

— Et maintenant, tu sais ce qui va arriver ?

— Tout ce que je sais, c'est que qu'une fois sur place, c'est toi qui vas devoir remettre les choses en ordre !

— Moi ? Comment ça, moi ? Et comment je vais faire ?

— Juliette, mes connaissances s'arrêtent là. Je ne sais pas.

— Lucien, tu ne sais pas ? Mais... mais pourquoi moi alors, si tu ne sais pas et si je ne sais pas ?

— Je ne sais pas.

— Donc, tu ne sais rien. Vraiment je suis très déçue.

Juliette se cala contre son siège, croisa les bras et prit un air renfrogné. Mais Lucien en était sûr, elle réfléchissait à toute vitesse et la prochaine salve de questions n'allait pas tarder. Il profita de ces quelques minutes de répit pour lui aussi remettre ses idées en place.

Un cœur pur.

Voilà ce qui devait remettre les choses en place.

Et c'était tout ce qu'il savait.

Désert d'Arizona, centre militaire B032

La chambre dans laquelle on avait amené Franck était à l'image du bâtiment : lisse, froide, inhumaine. Le néon du plafond diffusait une lumière blafarde sur cet espace de quelques mètres carrés occupé par un lit rudimentaire, une petite table, un cabinet de toilette, une douche et une armoire métallique.

« Et ils appellent ça un appartement ! »

Aucune ouverture dans le mur pour laisser entrer la lumière extérieure... et la désagréable impression de passer la nuit au cachot.

Mais cela n'allait pas durer.

Deux heures étaient passées depuis son arrivée au Centre et il était maintenant temps pour lui de passer à l'action.

Il se releva de sa couche, s'ébroua un peu pour se dégourdir les jambes, et colla son oreille contre la porte. Aucun bruit, la voie paraissait libre. Il posa sa main sur la poignée de la porte... et étouffa un juron. Elle ne bougeait pas. Il força.

Rien à faire. On l'avait enfermé dans sa chambre, il était prisonnier.

La fureur qu'il avait pu contenir auparavant face à Ryan et Peter Lawson éclata. Il commença à donner de violents coups de pied contre la porte, puis s'empara de la table qu'il tenta d'utiliser comme un bélier. En attaquant la porte avec un des coins, il espérait la faire céder. Mais celle-ci ne bougeait pas d'un pouce.

— Faites-moi sortir de là ! Faites-moi sortir de là immédiatement !

Il était sur le point de ravager définitivement le peu de mobilier dont il disposait, lorsque des hurlements lui parvinrent soudain par-delà la porte. Il stoppa tout et se rapprocha des murs métalliques pour mieux écouter. Les hurlements redoublèrent de violence et il perçut une agitation terrible dans les couloirs. Il continua à tambouriner contre la porte.

Il devait sortir à tout prix.

— Sortez-moi de là !

Un tremblement terrible le saisit. Il ne provenait pas seulement du sol, mais aussi des murs et du plafond qui se mirent à onduler comme une vulgaire feuille de papier.

On jouait à l'accordéon avec sa chambre !

Ballotté, bousculé de tous côtés par le mobilier, il s'éloigna prudemment des murs et tenta de se tenir tant bien que mal au centre de la pièce qui s'étirait et se compressait sous l'effet d'une force incommensurable.

Il se sentit tout petit. Si petit ! Si impuissant mentalement et physiquement face à un événement qui le dépassait !

Sous les forces de compression conjuguées des murs et du plafond, la porte céda. Franck prit une grande inspiration et d'un bond, se projeta au-dehors de son cachot.

Aussi soudainement, le tremblement cessa.

Il était maintenant libre.

Et il n'y avait plus une minute à perdre.

À sa droite, le long couloir menait au hall d'entrée. Les hurlements, moins virulents à présent, provenaient de la gauche. Il prit donc à gauche et se mit à courir dans le couloir. Sous l'effet du tremblement, les néons avaient tous éclaté et seules les lumières de secours subsistaient. Pas une porte, ni à droite ni à gauche. Il continua à s'enfoncer dans une quasi-obscurité, seulement guidé par ces hurlements de plus en plus faibles... qui firent place à un silence de mort.

Franck ralentit le pas pour éviter de trébucher sur un quelconque obstacle qu'il n'aurait pas vu. Seules les pulsations effrénées de son cœur brisaient le silence pesant qui s'était abattu sur le Centre.

Après quelques minutes de marche, il stoppa net : il était face à une grande porte lisse faiblement éclairée. Un lecteur d'empreintes digitales semblait en défendre l'entrée.

Mais la porte était très légèrement entrouverte.

Derrière, Franck croyait deviner un bourdonnement électrique et comme une étrange lueur bleutée.

Il réussit à passer les doigts dans le faible interstice entre la porte et le montant.

« Bon sang, qu'est-ce qu'elle est lourde ! Un véritable coffre-fort ! »

Les dernières forces qui lui restaient, il les consacra à faire bouger cette satanée porte qui semblait elle aussi avoir été abîmée par les vibrations. Franck cala son pied droit à hauteur du genou, puis tira. Mais la porte résista, gondolée comme elle était maintenant. Il prit à nouveau une inspiration et tira à nouveau. Cette fois, la porte bougea légèrement. Encouragé, il cala ses deux mains sur la porte, ferma les yeux, inspira encore profondément, et tira de toutes ses forces.

La porte s'ouvrit si brutalement qu'il en tomba à la renverse.

Lorsqu'il se releva, ce qu'il vit derrière la porte dépassa tout ce que son esprit avait pu concevoir.

Désert d'Arizona, route 45, à quelques kilomètres du centre militaire B032

L'imposant bâtiment militaire dans lequel Lucien et Juliette devaient pénétrer était maintenant à portée de vue.

— Nous arrivons, Juliette.

— Et c'est là qu'est ma maman ?

— Oui, Juliette. C'est là que se trouve ta maman.

— Mais comment maman peut-elle se retrouver en plein désert ? Elle n'a jamais aimé la chaleur, tu sais ! Et il fait vraiment très chaud, ici.

— Comment t'expliquer simplement... Ta maman pourrait aussi être ailleurs, mais c'est par ici que nous allons très certainement la rencontrer.

— Elle pourrait être ailleurs ? Mais où, ailleurs ?

— Un peu partout.

Juliette se releva sur son siège, tira sur la manche de Lucien pour le forcer à quitter la route des yeux et à la regarder en face. Elle fronça ses sourcils de toutes ses forces pour paraître très méchante.

— Écoute-moi bien, Lucien. Tu n'as pas intérêt à me raconter des histoires. Car je pourrais vraiment me fâcher, cette fois !

Cette phrase, elle l'avait entendue par hasard dans une série télévisée et elle la réservait pour les situations critiques. Ça avait l'air de faire de l'effet. Elle reprit :

— Parce que ce que tu me dis ne m'a pas l'air clair du tout. Mais alors, pas du tout ! Si maman est ici, elle ne peut pas être ailleurs. Ça ne s'est jamais vu.

Lucien n'allait certainement pas se lancer dans une explication à l'issue hasardeuse. Il choisit la solution de facilité.

— D'accord, Juliette. Je m'excuse, je me suis trompé. Ta maman est bien là et elle n'est pas ailleurs.

— J'aime mieux ça ! Et donc, on vient la délivrer.

— La délivrer ?

— Oui, j'ai maintenant tout compris. Maman a été enlevée par des gens très méchants. Elle est retenue ici prisonnière et tu es venu m'aider à la sortir de là. C'est bien ça ? Mais pourquoi tu ne me l'as pas dit plus tôt ? Je ne t'aurais pas fait toutes ces misères, tu sais !

Lucien garda le silence.

Il avait décidé d'abdiquer. De tout laisser passer pour s'acheter de la tranquillité. L'heure était grave, et il avait besoin de l'entière coopération de Juliette. Mais il était maintenant profondément perturbé par ce qui allait bientôt se produire dans le bâtiment et il sentit que son âme d'ordinaire si paisible était traversée de sentiments mêlés... l'angoisse... le remord... le chagrin.

Le futur, son futur, s'annonçait terriblement douloureux.

Dans quelques heures et grâce à lui, une petite fille aurait sauvé le monde.

Mais elle aurait perdu tout espoir.

Désert d'Arizona, centre militaire B032

Franck avait franchi d'un pas hésitant le seuil de la gigantesque pièce défendue par la lourde porte qu'il avait réussi à déplacer.

Il était bien ici au cœur du Centre. Et ce qui s'étendait sous ses yeux était à la fois terrifiant et fascinant.

La pièce - ou plus exactement, le hangar - dans laquelle il avait pénétré s'étendait sur environ une cinquantaine de mètres tant en longueur qu'en largeur. Les murs étaient tous faits d'un métal semblable en aspect et au toucher à de l'aluminium, mais ils présentaient une densité et une solidité similaires au béton. Il se serait cru à l'intérieur d'un coffre-fort.

Au fond, à droite comme à gauche, deux énormes piliers de plus d'une dizaine de mètres de haut s'élevaient. À mi-hauteur, ils présentaient une série de disques de graphite d'environ deux mètres de diamètre. Au sommet, un énorme câble électrique partait pour relier les piliers à un pilier central de hauteur et de composition similaires.

Il connaissait ce type d'installation : elle servait à provoquer des éclairs artificiels en laboratoire.

En revanche, il n'avait jamais vu ce qui se tenait sous le pilier central...

Là, sous ses yeux, s'érigeait un dôme bleuté d'une dizaine de mètres de circonférence et d'environ quatre mètres de haut. De son sommet s'élevait le pilier électrique central qui était relié aux deux autres piliers annexes.

Le dôme semblait d'une seule pièce et toute l'installation paraissait avoir été construite autour.

Mais maintenant, ce n'était plus le gigantisme d'une telle installation qui donnait des frissons à Franck.

Non.

C'était ce qu'il voyait à l'intérieur du dôme.

En première analyse, et parce que ses sens étaient sur-sollicités face à l'étrangeté du dispositif, il avait cru que le dôme était fait d'un matériau composite teinté en bleu. Mais après s'être rapproché à quelques mètres de distance, il réalisa que le dôme était totalement transparent. Et qu'il était empli d'une fumée bleutée qui lui conférait cette couleur. La fumée était en mouvement à l'intérieur et il croyait deviner en certains endroits des tourbillons et en d'autres, des formations nuageuses au repos. À intervalles réguliers, des éclairs électriques illuminaient la totalité du dôme, lui conférant alors un blanc aveuglant qui l'obligeait à se couvrir les yeux. C'était comme s'il assistait... aux premiers jours de l'univers, alors que tout n'était encore qu'énergie pure et qu'une puissance impensable empêchait toute formation de particules, même les plus élémentaires.

Mais qu'avaient donc fait Ryan et son équipe ? Quelles forces avaient-ils ici libérées ?

Le regard de Franck fut attiré vers ce qui paraissait être une console de contrôle et un mur d'images, dans un angle de la pièce. Il y avait bien là une cinquantaine de télévisions, et toutes étaient branchées sur les services d'information du monde entier : CNN, Al-Jazira, I-Télé... Franck n'hésita pas une seconde : coupé du monde depuis maintenant de longues heures, il avait enfin l'occasion de découvrir ce qui se passait sur le reste de la planète. Il se précipita sur la console et parvint rapidement à contrôler le son de chacun des moniteurs.

Enfin, il sut.

Dans chaque pays, sur chaque chaîne, un flash spécial tournait en boucle. Un flash que Franck redoutait plus que tout. Un flash qui confirmait l'imminence de la catastrophe, d'un cauchemar sans nom qui défiait toute imagination, toute règle, et pouvait mettre à genoux...

... l'humanité entière.

« À Bombay, après un bref et violent ouragan, une boule de feu de plusieurs mètres de diamètre est brusquement apparue dans le ciel, avant de fondre

à grande vitesse sur la ville, provoquant un vent de panique incontrôlable, pour finir par se volatiliser instantanément et sans aucune trace au contact du sol... »

« À Rome, un immeuble entier a été enveloppé dans un nuage bleu électrique surgi de nulle part. La totalité des habitants ont été retrouvés et identifiés une fois le nuage disparu. Malheureusement, tous sont aujourd'hui dans un coma profond. »

« À Los Angeles, des passants ont brutalement été fauchés sur Hollywood Boulevard par... rien... strictement rien... On dénombre plusieurs morts... »

À un intervalle régulier que Franck connaissait maintenant trop bien, l'image vacillait, se brisait en d'innombrables lignes, et les paroles étaient invariablement recouvertes par... le Chant.

Au sein du dôme, les éclairs semblaient maintenant redoubler de violence. Et les cris reprirent. Comme des appels aux secours, en provenance de l'intérieur du dôme.

Franck se mit à courir vers l'immense sphère, à la recherche d'une ouverture pour en libérer les occupants. Mais la structure était totalement lisse. Il se mit à hurler :

— Je m'appelle Franck ! Je vais vous sortir de là. Dites-moi où est l'ouverture !

Sans réponse, il regarda désespérément autour de lui : il devait bien y avoir quelque part une masse, un objet lourd, quelque chose qu'il pourrait utiliser pour briser la paroi. En désespoir de cause, il se tourna vers la console de contrôle : un des fauteuils ferait l'affaire.

Franck gravit les quatre marches qui surélevaient la console du sol, s'empara d'un fauteuil par les accoudoirs, redescendit aussi vite qu'il le pût, prit une grande inspiration et projeta de toutes ses forces le fauteuil contre le dôme.

Le temps semblait s'être arrêté dans la pièce blanchie jusqu'à l'aveuglement par les éclairs surpuissants.

Le fauteuil était en train de décrire une parabole quasi parfaite, les quatre pieds en avant, prêt à percuter le dôme et le faire voler en éclats.

Mais ce n'est pas ce qui arriva.

Blog de Franck Waterlink
Fondateur de *Renaissance*

RÊVERIES PERSONNELLES

12 septembre

Mondes Perdus

En 1632, Galilée publie *Dialogue sur les deux grands systèmes du monde*. Il compare dans cet ouvrage deux grands systèmes astronomiques antinomiques : le système ptolémaïque, qui stipule que la terre est au centre de l'univers, et le système copernicien, qui stipule que la terre tourne autour du soleil. Il sera condamné un an plus tard par l'Inquisition pour avoir pris position dans cet ouvrage en faveur de Copernic.
En 1864, Jules Verne publie *Voyage au centre de la Terre*. Il est suivi dans le même esprit cinquante années plus tard par Conan Doyle avec *Le Monde Perdu*. Tous deux y décrivent, l'un sous la croûte terrestre, l'autre au fin fond de l'Amérique du Sud, des contrées inexplorées où vivent encore des espèces disparues théoriquement il y quatre-vingts millions d'années : tyrannosaures, brontosaures et autres ptérodactyles.

Aujourd'hui, non seulement nous savons que la terre n'est pas au centre de l'univers, mais nous pouvons tous presque en faire « l'expérience » en contemplant les innombrables photos prises par les sondes interstellaires.
Et nous ne croyons plus aux continents cachés, sachant pertinemment que grâce aux satellites, plus une seule parcelle de notre terre ne nous est inconnue.
Beaucoup d'entre nous ont fini par accepter l'idée que nous vivions au quotidien dans un monde fini, connu, sans surprises. Sans mystère. Sans rêve.
Et pourtant. Il suffit de consulter l'état des recherches scientifiques en tournant la tête vers les étoiles pour se rendre à l'évidence : l'univers entier recèle de mystères insondables qui, à mesure que nous progressons, se comportent telles des poupées gigognes facétieuses...
Quelques exemples par-delà les étoiles :
Il y a encore vingt ans, personne n'imaginait que l'on puisse découvrir des planètes en dehors de notre système solaire. On en a dénombré depuis 1999 plusieurs centaines ! Et certaines se rapprochent en caractéristiques de notre planète bleue. Imaginez ce que les télescopes de demain nous permettront d'observer à la surface de ces terres.
Parlons juste un peu des Trous Noirs : de concept mathématique, nous sommes passés à leur véritable observation. À quand un radeau lancé au cœur de l'un d'eux ?
Savez-vous que certains scientifiques pensent que notre monde comporterait dix-huit dimensions ? Que notre

perception de l'univers serait semblable à la perception d'une fourmi parcourant une simple corde, alors que des milliers d'autres cordes, sphères, objets seraient à côté, présents, mais jamais accessibles à ses pas ?
Et sur notre terre ? Qu'y a-t-il encore d'inexploré ? Mais l'homme bien sûr, l'homme ! Voilà l'ultime frontière ! Voilà une terre bien mystérieuse qui recèle en elle des contrées qui remontent à plusieurs millions d'années (certaines zones du cortex n'ont en effet pas évolué depuis cette date) et sur lesquelles certains chamans et voyants espèrent ou croient voyager librement (via régressions, expériences de vies antérieures...). Que penser d'eux ? Fous... ou visionnaires ?

Que ce soit dans le ciel ou sur la terre, il y a bien aujourd'hui encore tellement de « Mondes Perdus » à découvrir... Et nous ne faisons à notre humble échelle humaine que reprendre inlassablement le vaisseau d'Ulysse pour parcourir ces contrées sauvages où le mystère le disputera éternellement à l'émerveillement.

Entre Ciel et Terre

Hâte-toi, mon enfant !

Tu n'es plus très loin, je le sais.

Et mon cœur est en joie.

Cette rencontre est peut-être volée à l'ordre naturel des choses, par la folie des hommes.

Oui, certainement.

Elle est inespérée, miraculeuse.

Mais nous devrons, ma chérie, en goûter chaque instant, chaque seconde.

Juliette, j'ai tant à te dire.

Tant à t'aimer.

Car après, qui sait ce qu'il nous restera ?

Désert d'Arizona, centre militaire B032

Le véhicule de Lucien ralentit pour s'arrêter au pied de la barrière d'entrée du Centre. Le vent s'était brutalement levé quelques kilomètres auparavant, et des tourbillons de sable commençaient à réduire sérieusement toute visibilité.

Lucien rechercha alentours les militaires, mais tout semblait désert. C'était mauvais signe. La situation n'était certainement plus sous contrôle.

Il sortit du véhicule et se dirigea vers la porte passager pour aider Juliette à descendre. C'était l'heure.

— Juliette, dépêche-toi, il n'y a pas une seconde à perdre.

— J'ai soif.

— Nous trouverons certainement un distributeur de boissons à l'intérieur.

— Tu as de l'argent ?

— Non. Je n'ai pas d'argent sur moi.

— Alors comment on va faire ? Parce que j'ai très soif, moi, tu sais ?

— Juliette, nous aviserons à l'intérieur, ok ? À défaut de t'acheter du Coca-Cola, il doit bien y avoir un robinet avec de l'eau plate, si cela convient à la petite princesse !

— Ça m'ira. Tu sais, je n'ai pas demandé de Coca-Cola, j'ai juste dit que j'avais soif, et je ne vois pas pourquoi tu t'énerves.

— Ok. Ok. C'est ma faute, ma très grande faute.

— Je n'ai pas dit ça non plus !

La fillette se jeta dans le bras de Lucien pour descendre et s'accrocha à son cou de toutes ses forces. Elle jouait clairement à le faire tourner en bourrique. Mais au fond, elle commençait aussi à vraiment bien l'aimer, cela crevait les yeux.

Lucien posa délicatement Juliette sur le sol et remit son manteau et ses lunettes cerclées en place. Le vent soufflait de plus en plus fort.

— Dis, Lucien, on va rentrer comment ? Tu vas nous faire voler et passer par une fenêtre ?

— Je ne sais pas encore, Juliette. Je n'utilise mon pouvoir qu'en cas d'extrême urgence, tu sais.

— Mais ils sont où, les méchants ?

— À ce que je vois, ils se cachent. Où ils sont peut-être partis.

— Avec maman ?

— C'est ce qu'on va savoir tout de suite.

Lucien prit Juliette par la main et l'étrange couple se mit à courir vers la lourde porte d'entrée en acier du complexe militaire. La froideur de l'ensemble et son gigantisme firent frissonner la fillette qui serra de plus en plus fort la main de Lucien.

– Juliette, à partir de maintenant, tu ne me lâches plus, d'accord ?

– D'accord.

– Si, par malheur, nous sommes séparés, il faut que tu recherches le Chant dans le bâtiment. Écoute, sois bien attentive et tu trouveras.

– D'accord. Le Chant. Je le connais. C'est cette musique merveilleuse que j'ai entendue dans le bureau de papa. Et ensuite ?

– Ensuite, je ne sais pas, je te l'ai dit, mais tu sauras que faire.

– Mais on ne va pas être séparés, hein ? Tu me promets ? Tu m'accompagnes ?

Il leur restait encore une dizaine de mètres à parcourir lorsque Juliette écarquilla les yeux : là, juste devant elle, la lourde porte du bâtiment s'était mise à plier comme du papier. Les imposants murs tremblaient, mais ne semblaient pas vouloir s'écrouler. Ils donnèrent plutôt à Juliette le sentiment d'être secoués par un géant invisible. Pire encore, le bâtiment même semblait pousser un cri terrifiant. Illusion ? Fatigue ? La fillette se mit à hurler de toutes ses forces.

– LUCIEN !!! LUCIEN !!!

Le vent soufflait maintenant très fort et la visibilité était à présent quasi nulle. Juliette ne discernait presque plus Lucien qui, pourtant, n'avait guère plus de deux pas d'avance sur elle.

— Tu ne vas pas me lâcher hein ? Lucien ? Tu promets ? Tu m'entends ?

Seule la main de Lucien dépassait du tourbillon qui les entourait. La fillette s'agrippa de ses deux mains à cette présence chaleureuse qui représentait maintenant un fil si ténu avec tous les espoirs qu'elle avait entretenus.

C'était Lucien qui devait la conduire à maman. Seule, elle n'y arriverait certainement pas.

Ils progressaient maintenant centimètre par centimètre. Lucien tirait et Juliette suivait, mais le vent était si fort qu'elle peinait à garder les pieds sur terre. Elle se raccrochait à son étrange compagnon comme à une bouée de sauvetage.

— Mon... ail... miné... doi... par...

— Lucien, je ne t'entends plus !

— Je... aim... touj... rai... près... toi.

— Lucien ! Lucien, non !

Juliette se sentit brutalement tirée vers l'avant et retomba lourdement sur ce qui n'était ni de la terre, ni du sable, mais un matériau froid et dur.

Le vent avait cessé.

Elle était dans une quasi-obscurité.

Elle se releva et regarda autour d'elle.

Lucien avait disparu.

Et le paysage minéral avait laissé la place au hall d'entrée du Centre.

Centre militaire, au pied du dôme

Disparu.

Le fauteuil que Franck avait projeté de toutes ses forces avait tout simplement disparu.

Et le dôme était resté, lui, intact.

Franck ferma les yeux quelques secondes pour visualiser à nouveau la scène. Le fauteuil avait décrit une parabole parfaite... les quatre pieds vers l'avant... les éclairs avaient redoublé... mais il n'avait pas été aveuglé... au moment de l'impact, il avait vu les quatre pieds s'enfoncer littéralement dans le dôme... comme dans du beurre fondu... puis tout le reste du fauteuil avait suivi.

Son cœur battait maintenant la chamade et des gouttes de sueur perlaient sur son front. Il s'approcha à nouveau de la structure en clignant des yeux pour éviter d'être totalement aveuglé.

Il leva la main en direction du dôme, approcha doucement la pointe des doigts de la paroi translucide qui dégageait une douce chaleur.

Mais ses doigts ne rencontrèrent jamais la paroi.

À l'instar du fauteuil, sa main était en train de disparaître à l'intérieur de la structure sans passer par une quelconque ouverture.

Franck plongea plus en avant à l'intérieur, et ressentit sur ses doigts une légère brise rafraîchissante.

Puis soudain, une main étrangère s'accrocha fermement la sienne. Franck réalisa avec horreur qu'elle tentait de l'attirer entièrement à l'intérieur du dôme. Déjà, son bras entier était happé dans la structure.

Remis de sa surprise, Franck se mit à tirer de toutes ses forces, quand il comprit qu'il était dans l'erreur. Personne ne cherchait à le happer. Non, « on » voulait s'accrocher à lui pour sortir ! « On » cherchait désespérément de l'aide.

Il passa alors son deuxième bras libre à l'intérieur et tira de toutes ses forces en hurlant.

Il réussit à sortir ses avant-bras. Puis ce furent ses mains, les mains de l'inconnu, ses bras, et soudain, son corps tout entier.

Franck et l'inconnu partirent tous deux à la renverse sur le sol métallique de la pièce et sous l'effet du choc, le scientifique resta un instant au sol, sonné.

— Franck ! Franck !

Franck connaissait bien cette voix. Il n'avait jamais aimé ce timbre chaud qui transpirait d'orgueil. Mais cette fois, quelque chose paraissait brisé. Il y percevait comme une angoisse, la peur d'un enfant face à l'inconnu...

Il cligna des yeux.

Il avait extrait du dôme Ryan Philips.

Survolté et furieux, Franck sauta brutalement à la gorge de son « associé ».

— Arrête, Franck ! Arrête ! Tu vas m'étouffer !

— C'est exactement ce que je veux faire, salopard ! Tu m'as foutu en prison ici, et j'ai failli y passer !

Franck renforça son étreinte sur la gorge de Ryan.

— On a tous failli y passer, Franck ! Arr...

— Et pour quelle raison j'arrêterais ? Tu me caches tout depuis le début de cette folie ! Et la planète entière se dérègle ! Tu as toujours envie de garder pour toi tes petits secrets ? Tu veux les emporter dans ta tombe, c'est ça ?

Franck était maintenant à califourchon au-dessus de son collègue et il continuait à serrer de ses deux mains son cou. Ryan commençait à suffoquer et son visage était cramoisi.

— Je t'en supplie, Franck... Je vais... tout... te... dire...

— Tout ! Je veux tout savoir ! Tu m'entends ? Je ne veux pas un seul détail, une seule virgule manquante ! Tu comprends ?

— Je... pro... mets...

Franck relâcha son étreinte et se releva. Ryan toussota quelques secondes avant de prendre de grandes inspirations, soulagé de pouvoir à nouveau respirer normalement.

Il semblait avoir pris dix ans de plus depuis la veille ; ses cheveux étaient maintenant tout blancs et son corps était couvert d'ecchymoses. La jambe droite de son pantalon arborait une tache de sang de la taille du poing.

Ryan s'assit péniblement sur le rebord de la console vidéo.

— Franck, je vais tout te raconter, mais nous n'avons plus beaucoup de temps.

— Je suis sûr que tu feras preuve de l'esprit de synthèse qui t'a toujours caractérisé, Ryan. Dis-moi maintenant ce qu'il se passe à l'intérieur de ce dôme et à quoi vous sert cette installation délirante !

— Cette installation expérimentale devait nous permettre initialement d'écouter le Chant des Anges en environnement contrôlé.

— Contrôlé ?

— À l'intérieur du dôme, en son centre plus exactement, se trouvent cinq fauteuils munis de casques permettant de monitorer l'activité électroencéphalographique. Le Chant est diffusé à l'intérieur *via* un ensemble complexe d'enceintes disséminées au sein du dôme dont la forme sphérique permet une diffusion parfaite des ondes acoustiques. Les patients étaient suivis grâce à la console de contrôle qui se situe au-dessus de ma tête.

– C'est donc ici que vous expérimentez le Chant des Anges...

– Oui, Franck, ou plus exactement, c'est ici que l'on s'est mis à accéder à la Zone...

– Et ces trois grands piliers électriques ?

– Ils concernent la phase deux du programme, que nous avons enclenchée il y a quelques jours.

– La phase deux ?

– La phase que tu n'étais pas censé connaître, le volet militaire de nos expérimentations.

– Accouche, maintenant !

– Tu es familier avec la résonance de Schuman et les expériences dans les années trente de Léo Tesla ?

– Je crois rêver ! Bien sûr que je connais ! Vous avez poursuivi les travaux de Tesla et reconstruit ici la Tour de Long Island ?

– Oui.

– Mais dans quel but ?

– Pour diffuser le Chant par nos propres moyens, en faisant abstraction de tout réseau quel qu'il soit, cellulaire ou hertzien, en n'importe quel endroit du globe.

– Mais pour quoi faire ?

– Les applications sont infinies, Franck ! Des troupes à des milliers de kilomètres de distance peuvent se retrouver dans la Zone, s'y entraîner, y tenir des réunions, et ceci durant des journées entières, alors qu'Hors-Zone, il ne s'écoulerait que quelques minutes. Imagine l'avantage décisif que cela nous conférerait sur l'ennemi ! C'est comme si nous étions... des dieux ! Mais il y a plus, beaucoup plus...

Franck redoutait d'en savoir plus. Il ne put cependant s'empêcher de demander :

— Quoi, qu'y a-t-il de plus dans la Zone ?

— Le futur, le passé... On peut en certains endroits littéralement voir les événements à venir ou passés...

— À quels endroits ?

— On doit parcourir parfois des milliers de kilomètres dans la Zone, et là, au détour d'une route, d'un canyon, d'une forêt, on voit... ce qui doit arriver. Peut-être chez nous, peut-être dans un monde parallèle. On n'est pas encore arrivé à faire le tri dans ce millefeuille infini des possibles...

— Vous êtes devenus complètement fous ! Vous imaginiez arriver ici à maîtriser des phénomènes qui vous dépassent totalement ?

— Les comprendre en tout cas, et les utiliser à notre profit. Oui. Peu importait l'horizon temporel, étant donné l'importance capitale de la découverte. Nous avions le temps, du moins le pensions-nous... Mais hélas, lorsque nous avons enclenché la phase deux, les choses se sont emballées. Il y a un peu plus de quarante-huit heures, un commando délocalisé au Maryland a effectué une visite de reconnaissance dans la Zone et s'est retrouvé face à un phénomène totalement inconnu à ce jour. L'équipe a essayé de revenir au plus vite pour nous prévenir, mais en parallèle, notre perception temporelle a été ici totalement bouleversée et nous avons brutalement tous perdu plus de huit heures de conscience. Ils ont bien essayé de nous aider, mais le mal était fait, la brèche était ouverte ici et partout sur terre.

— Mais qui, « ils » ? Je ne te suis plus, Ryan. Comment le commando pouvait-il essayer de vous aider s'il était encore dans la Zone ?

Ryan pâlissait à vue d'œil. Il avait maintenant beaucoup de difficultés à parler et son souffle était court. La tache rouge sur sa jambe s'était étendue et son pantalon était entièrement couvert de sang. Franck était de plus en plus inquiet pour son état.

— Ce n'était pas le commando…

Ryan allait tourner de l'œil. Pas maintenant !

— Ryan, tu es avec moi ? Reviens !

Franck prit Ryan dans ses bras et commença à le secouer.

— Ryan, je vais te sortir de là, mais avant, je dois savoir ! Je ne peux pas t'aider si tu ne me dis pas tout ! Ryan, je t'en supplie, ne pars pas !

Les yeux mi-clos, Ryan se tourna faiblement vers le dôme parcouru d'éclairs maintenant permanents et le pointa du doigt.

— Franck… tu vois ce qu'il y a à l'intérieur… du dôme ?

— Quoi ? Les éclairs ?

— Non.

— Cette brume ?
— Oui...
— C'est quoi cette brume ?
— ...
— Ryan, je t'en supplie, qu'y a-t-il à l'intérieur de la brume ?

Franck hurlait pour couvrir le bruit des éclairs du dôme et tenter de communiquer avec Ryan qui avait fermé les yeux.

— Ce n'est pas... de la brume...
— C'est quoi alors ? Quoi ? Dis-le-moi !!!

Le corps de Ryan se détendait lentement et Franck sentit que la fin était proche. Les yeux toujours clos, son collègue se mit à sourire.

— Ce n'est pas de la brume...

Il partait.

— Ryan !
— Ce n'est pas de la brume...
— Ryan, non, pas maintenant !
— Ce n'est pas de la brume... Ce sont...

Franck se pencha pour tenter d'arracher au vacarme les dernières paroles de Ryan.

— Ryan !
— Ce sont...
— Je t'en prie, Ryan, ne pars pas !
— Je pense que ce sont des anges, Franck... des anges.

Ce fut le dernier souffle de Ryan Philips.

Désorienté et choqué, Franck déposa doucement Ryan sur le sol et se releva.

Il se rapprocha du dôme...

Il ne savait rien du phénomène qui avait déclenché ce cataclysme...

Il ne savait rien des êtres qu'il allait rencontrer dans le dôme...

Il ne savait pas comment revenir de ce maelström atemporel...

Mais il n'avait pas le choix...

Il devait entrer dans la Zone.

Troisième partie
Terre des Anges

Hall du centre militaire

— Lucien ? Lucien ? Tu es là, Lucien ? Dis-moi que tu es là !

Les yeux de Juliette s'étaient maintenant faits à l'obscurité du bâtiment, mais elle n'osait toujours pas se relever. Tout était si grand ici qu'elle eut le sentiment d'être une fourmi minuscule qui allait d'une minute à l'autre être écrasée. Elle retint les larmes qui commençaient à embrumer ses yeux.

« Non. Pas maintenant. Ce n'est pas le moment de pleurer. Je dois me concentrer sur Le Chant. Chercher le Chant. Et ensuite, me mettre à pleurer. Mais uniquement ensuite. »

— Luciennnnnnnnnn !

Mais elle comprit que désormais, Lucien ne pourrait plus rien pour elle. Enfin, de là à se volatiliser pour la laisser seule face à tellement d'inconnues...

La petite fille se releva et décida d'enclencher ses sens de « super-observation ». Le Chant. Où pouvait donc bien se trouver le Chant ? En tendant un peu l'oreille, elle perçut comme un bourdonnement au fond d'un des couloirs.

Elle décida de s'y engager.

Près du dôme

À quelques mètres du dôme, face aux masses de brume bleutées qui évoluaient doucement à l'intérieur et aux éclairs qui les illuminaient, Franck se souvint des dernières années qu'il avait dédiées aux phénomènes extra-ordinaires. Combien de questions, de doutes, de déceptions mais aussi de joies liées à de petites découvertes... à des preuves irréfutables... à des témoignages sincères...

Et voila qu'en face de lui se tenait peut-être la porte d'accès à toutes les réponses. La source d'éternité. Mais aussi, des forces surhumaines qui le dépassaient...

L'homme avait donc créé un Chant lui permettant d'accéder en esprit à des dimensions cachées du monde, au passé, au futur, mais aussi à des univers parallèles. Ce Chant s'était « libéré » sur toute la planète pour venir troubler la perception de tous. Pire : les univers parallèles ainsi accessibles pouvaient interférer avec notre univers, et ces interférences engendraient de véritables catastrophes : boules de feu à grande échelle, explosions diverses, tout ceci en provenance… de nulle part.

Et issues de ces univers parallèles, au cœur de ce maelström, se trouvaient maintenant des créatures fantastiques.

Ces pensées lui donnaient le vertige.

Que faire ?

Le cœur de Franck battait la chamade.

Il ne se sentait pas de taille à affronter ce qu'il allait trouver. Il n'aurait jamais dû se retrouver dans ce centre militaire. C'était à Ryan et à son staff de fixer le problème, pas à lui.

Mais Ryan était mort, et c'était aussi probablement le cas tous les chercheurs du centre qui avaient disparu dans la Zone.

Et lui ? Était-il prêt à risquer sa vie ?

Franck s'approcha du Dôme, leva la main droite et la plaqua contre la paroi. Une fois encore, celle-ci se déroba sous ses doigts. Il poussa le bras plus en avant à l'intérieur et attendit quelques secondes… mais à présent, aucune main ne tentait de s'agripper à lui.

Franck prit une grande inspiration, pensa très fort à Léo qu'il se devait de secourir, sentit son cœur tressaillir, comme à l'approche de l'inconnu, du noir.

Et d'une impulsion franche et sincère, il fit un dernier pas en avant.

Pour chuter dans le vide le plus terrifiant.

Couloir du centre militaire

Après avoir parcouru une cinquantaine de mètres, Juliette distingua des éclairs bleus qui semblaient provenir du fond du couloir. Elle était sur la bonne voie, elle le sentait. Elle devait dépasser sa crainte, Lucien lui faisait confiance et de toute façon, il était trop tard pour reculer.

Au fond du couloir, une lourde porte était ouverte et laissait passer très distinctement un bourdonnement. Le cœur de la petite fille se mit à battre la chamade. Le Chant était tout proche... et sa mère aussi. Elle redoubla de vitesse et se retrouva bientôt face au dôme.

D'instinct, elle sut qu'elle trouverait la réponse à toutes ses questions sous le dôme. Elle en fit le tour, chercha en vain une ouverture, et comprit qu'elle devrait actionner un mécanisme secret pour déclencher l'ouverture.

« C'est comme ça dans tous les films d'action, non ? »

Elle plaqua ses deux petites mains contre la paroi pour mieux l'ausculter. Mais celle-ci se déroba sous ses doigts comme par enchantement. Elle poussa le bras plus en avant à l'intérieur... attendit quelques instants... prit une grande inspiration, pensa très fort à sa maman qu'elle se devait de secourir, sentit son cœur tressaillir, comme à l'approche de l'inconnu, du noir.

Et d'une impulsion franche et sincère, elle fit un dernier pas en avant.

Pour basculer dans le plus merveilleux des endroits.

Sous le dôme

Franck chutait inexorablement. Depuis qu'il avait pénétré dans le dôme, ses pieds n'avaient plus rien rencontré.

Il chutait au sein d'un véritable ouragan, au cœur de nuages et d'éclairs monstrueux. Il traversait des zones tantôt glacées, tantôt tièdes, et une étrange pluie giflait son visage. Son corps prenait de plus en plus de vitesse et il agitait désespérément les bras pour ralentir sa chute.

— À l'aiiiiiiiiiiddddddddeeeeeeeeeee !

Il hurlait de terreur. C'était certain, Ryan et son équipe avaient ouvert les portes de l'enfer.

Franck parvint à se retourner en cambrant les reins et en donnant une puissante impulsion avec ses deux bras étendus. Mais il ne voyait toujours pas ce qui l'attendait au sol. Il était dans le brouillard le plus complet.

-Aidez-mooooooooiiiiiiiiiiiiii !

Enfin, il toucha si brutalement le sol qu'il eut l'impression que son corps allait littéralement se briser en deux. Puis il se sentit comme aspiré à nouveau vers le bas.

Mais cette fois, ce n'était pas au milieu du vide, c'était le long d'une paroi aux rochers redoutablement tranchants. Franck banda tous ses muscles pour résister et tenta de s'agripper à la moindre aspérité pour ralentir sa chute. En vain : à peine avait-il accroché un rocher que celui-ci sous son poids se détachait et l'entraînait inexorablement plus bas.

Il ne pouvait plus que subir et espérer que son supplice prendrait fin au plus vite.

« Mais bon sang, quand cette folie va-t-elle finir ? J'ai échoué, c'est fini. Il ne me reste qu'à me fracasser la tête au fond de ce ravin absurde... et ce sera la fin. »

La chute de Franck ne semblait pas ralentir. Ses doigts étaient en sang, ses bras lacérés par les pierres abruptes. Ses yeux bouffis par la poussière étaient mi-clos et il n'avait maintenant plus la force de crier. Il se sentait rebondir comme une vulgaire balle de rocher en rocher... Faire une pause sur un bloc un peu plus arrimé à la paroi que les autres... Puis repartir de plus belle vers le fond du ravin.

Enfin, il toucha le sol et poussa un dernier cri d'agonie.

Sous le dôme

Il faisait bon. Il faisait chaud. Et un festival de senteurs printanières saturait presque les lieux : le chèvrefeuille, l'herbe fraîchement coupée, les effluves de mimosa s'entremêlaient pour former une enivrante symphonie... La lumière était si vive que Juliette dut plisser les yeux un long moment avant de pouvoir détailler le magnifique spectacle qui s'offrait à elle.

Un jardin.

Elle avait basculé sous le dôme dans un jardin immense aux mille couleurs.

Instinctivement, elle quitta ses jolis souliers vernis pour mieux sentir sous ses pieds l'herbe cotonneuse qui s'étalait à perte de vue.

Un papillon blanc vint délicatement se poser devant la fillette. Juliette s'agenouilla, amusée, pour tenter de le prendre dans la paume de sa main. Il reprit son envol au moment même où elle croyait pouvoir l'atteindre. La petite fille se mit à rire et se lança à la poursuite du papillon qui virevoltait dans un ciel sans nuages. Elle courait, courait maintenant à en perdre haleine, mais le papillon blanc semblait mener la danse.

Un temps, elle crut l'avoir perdu.

Mais il finit par réapparaître juste devant elle, pour se poser sur la branche d'un olivier.

Juliette s'approcha à pas comptés, doucement, en retenant son souffle.

Perdue dans la rêverie et le jeu, elle ne remarqua pas la silhouette qui se tenait assise sur un banc, juste sous l'olivier.

— Juliette ?

L'enfant s'arrêta net. La lumière était ici si vive et le ciel si blanc que Juliette peinait à discerner les contours de la silhouette.

Mais elle connaissait parfaitement cette voix.

Elle se remit à courir à en perdre haleine.

Elle était arrivée.

Sa maman avait dit vrai.

Elles s'étaient bien retrouvées.

Et plus rien, non plus rien ne pourrait maintenant les séparer.

Dans la Zone

La brume s'était levée et elle avait surpris Léo. C'était bien le premier phénomène climatique auquel il assistait depuis qu'il avait été débarqué ici. Étrangement, elle ne provenait pas du ciel, mais elle paraissait s'élever du fond du canyon qu'il longeait maintenant, jusqu'à le couvrir entièrement, pour se déverser sur la plaine.

Mû par son instinct, Léo décida de descendre dans le canyon. Que son chemin était escarpé ! Tout son corps n'était plus que douleur et chaque pas vers le fond lui arrachait un grognement sourd et plaintif.

Au bout de quelques minutes, il entendit un autre grognement au fond du canyon.

« Se pourrait-il que je ne sois plus seul ici ? »

— Qui est là ?

Il n'eut pour toute réponse qu'une longue plainte. Les battements de son cœur s'accélérèrent brutalement et il hâta son pas.

« Oui. Il y a quelqu'un en bas de ce canyon. Je ne suis plus seul ici ! On va pouvoir m'aider à sortir de cet enfer ! »

Il se rapprochait maintenant du fond du canyon et la brume paraissait se lever. Quelques mètres plus bas, un corps gisait sur le sol, face contre terre. Léo s'agenouilla et eut un mouvement de stupeur.

Il connaissait ce corps.

C'était celui de Franck.

— Franck ! Franck !

Encore sourd aux exhortations de Léo, Franck pensa qu'il devait maintenant être parti pour de bon vers ce qu'on lui avait vendu sur terre comme « le Paradis ». Mais bon sang, qu'est-ce qu'il avait mal ! N'était-on pas débarrassé au Paradis une bonne fois pour toutes de ce fardeau qu'était « le corps » ? Il le sentait pourtant, ce corps, pesant, brisé, déchiré, et dont il était maintenant incapable de se servir.

— Franck, mais comment as-tu fait pour te retrouver ici ?

Franck ouvrit doucement un œil et sourit à Léo.

— J'ai sauté dans le vide, tout simplement. Je suis... si content... de te voir ici... Léo.

— Franck, dis-moi que tu as la clé pour sortir d'ici, dis-le-moi !

— Nous... courons à la catastrophe... il nous faut revenir au centre...

Léo tenta d'aider Franck à se relever, mais presque aussitôt, ce dernier poussa un cri de douleur et s'affaissa.

— Je ne peux pas me tenir sur mes jambes ! Je crois qu'elles sont cassées toutes les deux !

— Je n'aurai pas la force pour te porter ! Je suis épuisé, Franck. Comment rentrer à l'Institut ?

— Ce n'est pas à l'Institut que nous devons rentrer, Léo. C'est au Centre.

— Mais de quoi parles-tu ?

— Léo... Une terrible menace pèse sur toute l'humanité... Écoute-moi bien, Léo. Je suis parvenu ici par l'intermédiaire d'un dôme que les militaires ont construit au cœur d'un centre ultra-secret en Arizona. Ce dôme diffuse un « Chant des Anges » qui a des propriétés extraordinaires...

Franck agrippa Léo par le col de sa chemise. Il puisait dans ses dernières réserves et son souffle était court. Il n'en avait peut-être plus que pour quelques instants.

— Ce chant permet littéralement de projeter la conscience humaine dans une zone où le temps n'existe plus, où le passé et le futur sont tous deux visibles, où l'esprit peut accéder à de multiples univers parallèles. L'armée comptait utiliser ce chant pour que ses troupes situées aux quatre coins de la planète puissent s'entraîner dans cette zone sans contrainte temporelle. Elle comptait aussi y découvrir l'issue de ses prochaines batailles. Mais par accident, ce Chant s'est répandu sur toute la planète. Ce qui signifie que maintenant, tous les individus qui y sont exposés vont perdre toute notion de temps et basculer vers la Zone.

— Comme moi.

— Exactement. En détruisant la source du signal, on peut peut-être espérer mettre un terme à cette catastrophe planétaire.

— Mais où vais-je trouver ce fichu centre ?

— Tu es déjà au Centre, Léo ! On a amené ton corps là-bas. Il faut que ta conscience reprenne le dessus ! Tu dois revenir dans le monde réel !

— Et toi ?

— Je ne sais plus, Léo. Je ne sais plus si ce corps est réel ou si tout mon être est projeté dans cette dimension. Tout ce que je sais, c'est que j'ai terriblement mal ! Léo, il faut que tu saches aussi quelque chose... Tu n'es pas... seul... il y a aussi...

Franck n'eut pas la force de terminer sa phrase.

— Fraaannnck !

Il partait.

Enfin.

— Je t'en prie, ne me laisse pas ! Franck !

L'immense douleur de Franck s'estompait peu à peu pour laisser place à une douce chaleur qui envahissait chacun de ses membres. Il se sentait maintenant léger. Si léger ! Il avait fait ce qu'il avait à faire. Servi son rôle jusqu'au bout.

Il ferma alors les yeux et se retrouva face à des milliers de soleils. Ces milliers de soleils qu'il avait vus il y avait maintenant vingt ans, au fond d'un étrange ravin.

Cette fois-ci, il allait les rejoindre.

Sur une branche d'olivier

Lucien était perplexe et déconcerté.

Il avait en théorie terminé sa mission, mais s'il s'en tenait au résultat final, il ne pouvait que constater son échec.

Mû par un sentiment d'urgence qu'il ne savait expliquer, il avait lié physiquement contact avec l'enfant. C'était un fait très rare, dans une vie d'ange gardien. Mais il y avait urgence et la situation était exceptionnelle. Les équilibres étaient menacés.

Puis Juliette était entrée grâce à lui dans le Centre, puis elle avait pénétré sous le dôme, dans la Zone.

Comme il l'avait prévu, Juliette y avait retrouvé sa maman. Son cœur attendait depuis si longtemps ce moment qu'il ne pouvait en être autrement.

Mais il aurait dû se passer autre chose…

Juliette aurait dû faire cesser le Chant des Anges et tout aurait dû rentrer dans l'ordre…

Or le Chant était toujours là, à troubler la vie des hommes.

Perché sur sa branche d'olivier, Lucien décida d'attendre encore un peu avant d'agir.

Entre ciel et terre

Léo marchait depuis maintenant des heures, ou des jours, il ne savait plus.

Il avait soif.

Il avait faim.

Le soleil était brûlant et le sable semblait se dérober sous chacun de ses pas.

« Tenir, je dois tenir », ne cessait-il de se répéter intérieurement.

Il releva lentement la tête, cligna des yeux pour se protéger du soleil et s'accoutumer à la lumière blanche et aveuglante.

Il ne voyait devant lui qu'une immensité drue et hostile de dunes. Un océan sec de feu et de silice.

Sa blessure à l'épaule gauche lui avait fait perdre beaucoup de sang. Mais le garrot tenait bon.

Il n'aurait jamais imaginé que les événements puissent tourner aussi mal.

Il ne savait pas s'il était loin ou proche de sa destination, là où tout avait commencé, là où il pourrait retourner dans son univers. Après avoir épuisé tout ce qui pouvait mentalement lui permettre de tenir, la vision d'une vie antérieure qu'il ne retrouverait plus jamais à l'identique, de tous les souvenirs qui peuplaient son passé, il n'avait maintenant en tête qu'un seul objectif : tenir et arriver vivant à destination.

Peu lui importait que cela prenne quelques heures ou quelques jours. Ces notions ne signifiaient plus rien aujourd'hui, après ce qu'il s'était passé.

Il avait irrémédiablement perdu prise avec le temps.

Comment bon sang, comment revenir dans le monde « réel » ? La seule réponse qu'il avait trouvée était de chercher le centre dont lui avait parlé Franck dans ce désert « mental ». Pour quelle raison ce centre était-il aussi présent dans son esprit ? Il n'en savait rien. Mais les frontières entre le réel et l'irréel étaient devenues si poreuses que tout était désormais possible. Alors il cherchait, encore et encore, dans cette étendue infinie, un indice qui lui permettrait de rentrer « chez lui ».

Après une éternité, il s'agenouilla sur le sable chauffé à blanc.

Il n'y arriverait jamais.

Ce désert était bien trop vaste.

Ce centre n'existait peut-être même pas.

Et il était si fatigué…

Il voulut pleurer.

Mais son corps était si desséché qu'aucune larme ne sortait de ses yeux.

« Relève-toi ! Debout ! »

Pas un mouvement de ses jambes. Pas l'once d'un frémissement.

« Léo, tu as jusqu'ici toujours explosé les obstacles qui se dressaient devant toi. Tu ne peux pas jeter l'éponge ici ! Pas maintenant ! Allez ! Bats-toi ! Bats-toi ! »

Rien. Il ne se passait rien. Il ne pouvait plus faire un geste.

La partie était perdue. Définitivement.

Il s'allongea et ferma les yeux.

Il reconnaissait sa défaite et maudissait son orgueil… Il était littéralement nu, lui, le roi des networks de Los Angeles, dans ce désert trop grand, sous ce soleil trop brillant. Il lui fallait une solution.

Il demanda de l'aide… pour la première fois depuis longtemps, très longtemps.

De longues minutes passèrent.

Un souffle délicat caressa son front et l'image de Gabrielle émergea des brumes de ses pensées.

C'était avec elle que cette journée avait commencé.

C'était elle qui les avait « appelés », lui et Juliette, à la rejoindre.

D'instinct, il porta la main à la poche droite de son pantalon. Il en sortit le dessin que Juliette avait effectué ce matin même, dans son bureau, et qu'il avait plié en quatre.

Il le déplia soigneusement, le posa à même le sable et se mit à le détailler en plissant les yeux. Comme jamais il ne l'avait fait jusqu'à maintenant, il décida de prendre tout son temps, de savourer chaque détail de ce merveilleux dessin issu du cœur si pur de sa fille, de laisser chaque cellule de son corps se pénétrer de son rayonnement, son sourire, sa beauté.

Il réalisa qu'il n'avait finalement jamais dévisagé Gabrielle de la sorte. Qu'il n'avait jamais eu cette qualité d'attention envers elle, perdu, enivré dans sa volonté d'action.

Désormais dépouillé à l'extrême, de son empire, de ses hommes et du temps même, Léo prit conscience qu'il était peut-être passé à côté de choses fondamentales.

Il se mit à frissonner.

— Non, non, je ne me suis pas trompé. Je suis peut-être allé trop vite, mais je ne me suis pas trompé.

En prononçant à haute voix ces paroles, Léo savait qu'il se mentait à lui-même.

Il avait cru dompter le temps, mais le temps s'était ici durement retourné contre lui. Il avait voulu créer un empire, mais savait-il vraiment dans quel but ? Pour quoi faire ? Il avait cru aimer Gabrielle, mais l'avait-il seulement regardée, véritablement regardée, une seule fois durant leur vie commune ?

Alors, pour la troisième fois de la journée, Léo sentit qu'il allait rendre les armes.

Mais cette fois, il le fit.

Il posa tout son fardeau bien soigneusement devant lui.

Renonça à sauver le monde.

S'allongea sur le sable.

Pour se perdre dans la contemplation amoureuse et infinie de celle qui ne l'avait jamais abandonné.

Sous l'olivier

Tendrement enlacées, Juliette et Gabrielle se racontaient toutes ces années d'amour perdues. Gabrielle tenta d'expliquer sa disparition simplement, mais Juliette ne voulut rien entendre. Il n'y avait qu'une explication valable : la sienne. C'était cette explication qui l'avait fait tenir, alors pourquoi la remettre en cause ? L'accident de voiture avait provoqué une perte de mémoire terrible chez sa maman, ainsi d'ailleurs que chez son père, puisqu'il avait cru qu'elle était morte. C'était plus qu'une perte de mémoire en fait, presque une perte de raison, aux yeux de Juliette. Mais elle avait toujours su que tout ceci se terminerait bien.

Il était temps de rentrer et de retrouver papa.

Gabrielle serra très fort Juliette dans ses bras. Comment les choses allaient-elles tourner ? Elle l'ignorait. Une ombre traversa son visage jusque-là rayonnant.

– Juliette, je ne sais pas si nous pourrons retrouver papa.

– Avec moi, tu es en sécurité, maman. Il n'y a plus de problème. Nous allons sortir de ce joli jardin et retrouver Lucien qui nous ramènera à Los Angeles dans le bureau de papa.

— J'aimerais que les choses soient aussi simples, ma chérie, mais je pense que ce n'est pas le cas. Je ne sais pas exactement où nous sommes, et je ne sais pas comment sortir d'ici.

— Il y a certainement une ouverture, un mécanisme secret. C'est comme ça que je suis venue ici.

— Jusqu'à maintenant, je ne l'ai pas trouvé.

Juliette tira Gabrielle par la manche :

— Alors on y va ! Maintenant ! On va chercher la clé secrète pour sortir d'ici !

L'enthousiasme de Juliette était communicatif et Gabrielle ne voulut pas la contrarier. C'était la pureté de cet enthousiasme qui l'avait portée ici. Alors pourquoi pas une rencontre improbable avec Léo ?

En pensant à Léo, la jeune femme frissonna. Se pourrait-il vraiment qu'ils soient un jour rassemblés ? Pour combien de temps ?

Et s'ils étaient ensuite à nouveau séparés ?

Car tel était malheureusement l'ordre naturel des choses.

Celui de n'être qu'une présence diffuse,
un souffle d'air,
une pensée,
une pointe de chaleur,
à jamais dans le cœur de ceux qui restent.

Désert des cœurs perdus

Allongé et désormais libéré, Léo caressait doucement avec sa paume et ses doigts le sable qui semblait avoir gagné en consistance.

Était-ce une sensation erronée ? Il avait également l'impression que l'air s'était fait plus frais.

Il se sentait maintenant en apesanteur. Libéré du poids de son corps. Comme porté par une main chaleureuse et puissante. Au fond de lui, une vague de chaleur et de joie prenait source. Il la sentait monter, monter... pour envahir chaque pore de sa peau meurtrie par le soleil et en un instant régénérer chaque cellule.

« C'est ça, la joie ? La vraie ? »

Il se laissa porter par cette vague si puissante et si frêle. Il ne voulait pas perdre le contact... non... plus jamais...

Il montait... montait...

Puis il sentit sous son dos le sable se durcir brusquement pour devenir froid comme du métal.

Il rouvrit brutalement les yeux.

Le soleil avait fait place à la lampe puissante d'un bloc opératoire et il était allongé sur une table d'opération.

Il était revenu au Centre.

Terre des Anges

La vibration qui faisait trembler ses ailes déstabilisa Lucien.

Alors qu'il s'apprêtait à agir, voici que quelque chose de nouveau se passait.

Une nouvelle énergie était sortie de la Zone et avait fait son apparition au centre.

Une énergie déterminée, purifiée.

Une énergie avec laquelle il ne pourrait interagir personnellement, n'y étant pas rattaché, mais dont il sentait instinctivement qu'elle pouvait ramener le calme dans cet endroit si troublé.

Si c'était le cas, elle serait très bientôt prise en charge et il serait informé.

Il décida de ne rien faire pour le moment, si ce n'était profiter des merveilleuses retrouvailles qui s'étalaient sous ses yeux.

Centre militaire d'Arizona

Après quelques instants passés à s'accoutumer à la lumière artificielle du bloc, Léo tenta de se relever. Il avait l'impression d'être passé sous un trente-tonnes. Tous ses muscles semblaient avoir été martyrisés, compressés, étirés, jusqu'à ce que chacune des fibres qui les composaient ait craqué.

Il commença par s'appuyer sur ses coudes, puis ses mains, et il put après quelques instants se tenir assis sur la table d'opération. Il prit sa jambe droite engourdie et la bascula vers le sol. Puis il fit de même avec la gauche. Dans un dernier effort, il descendit de la table, et bien qu'affaibli, il put constater qu'il tenait sur ses deux jambes.

Il ne connaîtrait peut-être jamais les circonstances qui l'avaient mené sur cette table d'opération. Mais « on » avait en tout cas tenté de prendre soin de lui.

Il regarda alors son épaule gauche. Et il comprit l'étendue de la catastrophe qui menaçait. Son épaule était bandée. Il savait inconsciemment que sous le bandage, il trouverait exactement la même blessure que dans la Zone.

Combien étaient-ils à avoir vécu la même expérience ? Combien de personnes sur cette terre avaient-elles basculé vers cet espace si particulier, ne sachant plus si elles rêvaient ou si elles vivaient leur vie, une nouvelle vie, dans un nouvel univers ?

Léo fut saisi de vertige. Il était revenu, lui, en piteux état certes, mais il était revenu. Et il n'avait pas l'intention de repartir.

Il lui fallait détruire cette machine infernale.

Après quelques pas hésitants, il sortit de la salle d'opération et se retrouva dans un long couloir faiblement éclairé. Il appela :

— Est-ce que quelqu'un est là ? S'il vous plaît, j'ai besoin d'aide !

Pas de réponse.

Il devrait trouver tout seul l'accès au dôme.

Il avait parcouru une cinquantaine de mètres lorsqu'il entendit sur sa gauche une vibration sourde, semblable à celle d'un transformateur électrique. Il chercha une porte et finit par déboucher sur un autre couloir qui semblait mener à gauche vers un dispositif électrique dont l'intensité paraissait redoubler. Il prit à gauche et se mit à courir vers une ouverture au fond du couloir, à environ deux cents mètres de lui, fortement éclairée par ce qu'il pensait être des salves d'éclairs.

« Le dôme ! Il est sûrement au fond ! »

À cent mètres de l'ouverture, le couloir était maintenant éclairé comme en plein jour par une lumière blanchâtre surréelle.

À cinquante mètres de l'ouverture, Léo ne pouvait plus distinguer le sol des murs ou du plafond. Son bras droit relevé devant les yeux pour se protéger, il progressait maintenant au ralenti.

À dix mètres de l'ouverture, il eut le sentiment qu'il nageait dans un océan de lumière.

Il prit une grande inspiration et se projeta de toutes ses forces dans l'ouverture.

Ce qu'il vit dans la pièce où il était arrivé lui coupa le souffle.

« Bon sang ! Cette salle est gigantesque ! »

On distinguait maintenant à peine les contours du dôme inondé de lumière, et les trois bobines électriques de transmission géantes projetaient entre elles des éclairs d'une intensité extrême. Il faisait chaud, très chaud. Léo eut le sentiment qu'il avait débarqué au sein du laboratoire d'un savant fou, aux moyens illimités. Mais comment arrêter cette machine infernale ?

Il se dirigea vers ce qu'il pensait être une console de contrôle, en surplomb du dôme. Le mur d'images qui diffusait les informations des principales chaînes de télévision du monde avait viré au noir. La console était, elle, hors service.

« Il ne me reste qu'à simplement débrancher la prise de cette saleté... C'est vraiment trop facile... »

La chaleur devenait étouffante. Léo voulait sortir.

MAINTENANT.

Retrouver les rues polluées de Los Angeles, le charme surfait de Beverly Hills, la pression des studios de télévision. Tout, sauf ce qu'il était en train de vivre.

Mais que restait-il dehors ? Ou plutôt, qui ? Il l'ignorait. Il ne pouvait que faire confiance à Franck. La solution se trouvait ici, dans cette pièce.

Pas dehors.

Il se rapprocha du Dôme.

« Il doit bien y avoir un mécanisme ! »

Après quelques minutes d'examen, il dut se rendre à l'évidence : le dôme était parfaitement lisse, sans aucune ouverture.

Les éclairs redoublèrent d'intensité. Léo leva alors la tête vers le plafond : le toit du bâtiment avait disparu. Non. Il était toujours là, mais il était devenu quasiment transparent. Les murs semblaient eux aussi perdre peu à peu de leur consistance. Léo pouvait maintenant distinguer le ciel bleu, le soleil, les roches pourpres du désert qui l'entouraient.

« Non... ce n'est pas possible... Le monde ne peut pas tourner comme ça... »

Il était paralysé par ce déluge d'images dont il ne savait si elles étaient réelles ou irréelles.

Était-il toujours dans la Zone ? Il n'avait aucun moyen de le savoir.

Une fois quitté le doux cocon de sa banale réalité de Beverly Hills, il ne semblait plus y avoir aucune issue de retour, plus qu'un abîme de perceptions dont la vérité lui échappait définitivement.

Que faire ? Fuir, sortir du centre et se retrouver à nouveau dans un désert hostile ? Saccager la console de contrôle ? Mais avec quel résultat pour son univers, s'il en restait encore un ?

Pour la première fois de sa vie, la capacité d'action de Léo était depuis le début du phénomène mise en échec. Agir ne ferait pas changer les choses...

Agir ne ferait pas changer les choses...

Quel constat terrible que celui de l'impuissance pour l'homme du XXIe siècle devenu quasi omnipotent, qui a transformé son univers à la force du poignet, l'a domestiqué, dompté, dominé...

Agir ne ferait pas changer les choses...

Léo se mit à hurler sa colère. Il était à nouveau dans une impasse. Une fois de plus.

Une fois de trop.

Il ne voyait aucune solution de retour.

Enfin, il releva la tête et repéra sur son côté droit un escalier accroché à une colonne métallique. En haut de la colonne, à plus de vingt mètres de hauteur, une plateforme technique s'élançait en surplomb, exactement au-dessus du Dôme.

Peut-être... Cela en valait la peine.

Il monta les escaliers quatre à quatre et, arrivé en haut, s'avança lentement sur la plate-forme technique.

Puis il enjamba la barrière de protection.

Prit une grande inspiration.

Et décidé au plus grand des sacrifices,
il se laissa tomber sur le dôme.

Sous le dôme

Aux prémisses de l'apparition de la vie sur Terre, en son sein naturel, au fin fond de l'étendue aquatique qui recouvrait il y a quatre milliards d'années plus de 90 % de sa surface, le ciel était toujours noir d'orages... et les éclairs surpuissants qui le parcouraient et touchaient ses eaux semblaient vouloir provoquer sans fin l'étincelle de vie qui allait engendrer notre espèce... C'était Zeus qui du bout de sa lance jouait les démiurges... la vie qui voulait naître... la vie qui voulait être...

Sous le dôme du centre militaire, les éclairs faisaient rage, déchirant le voile de brume qui avait envahi l'espace... et révélant par instants sublimes celui qui était resté depuis l'aube des temps dans l'ombre, au cœur de l'invisible... présence ressentie avec une subtilité profonde, mais jamais portée aux sens...

L'homme lui avait donné mille noms...

Les érudits avaient disserté sans fin sur son sexe...

Les artistes l'avaient vu en chérubin...

... ou en majesté...

Ils lui avaient donné des ailes...

Et c'était maintenant, au cœur de ce dôme fantastique, qu'il s'offrait à la perception de celui qui voulait bien voir...

Au dessus, à quelques mètres

C'était la fin pour Léo. Il n'était maintenant séparé du toit que de quelques mètres et sa chute était rapide. Il allait s'écraser sur celui-ci et il savait que ses blessures ne seraient pas fictives, quelle que soit la réalité dans laquelle il se trouvait.

Il ferma les yeux, retint son souffle.

Mais alors que ses membres auraient dû se disloquer au contact du dôme, il se sentit soudain enveloppé dans un nuage cotonneux qui ralentit doucement sa chute.

Quelques secondes plus tard, il était à terre.

Sans la moindre égratignure.

À l'intérieur du dôme.

« Je ne peux même pas détruire cette machine infernale en me sacrifiant ! » pensa-t-il.

Voilà que la vie pour lui était plus forte que tout.

Il se releva et constata que les dimensions du dôme à l'intérieur étaient beaucoup plus importantes qu'à l'extérieur. Il ne semblait plus y avoir de limites. Était-ce la brume persistante qui occasionnait cet effet ? Ou son extrême fatigue ?

Il entreprit d'explorer l'endroit. Devant lui se dressaient deux fauteuils, en position allongée. Et à la droite des fauteuils, une console de contrôle électronique qui paraissait hors d'usage. Il tenta de rebooter le système.

Ce fut à cet instant qu'il l'entendit.

Il crut d'abord que c'était le vent. Une douce brise qui semblait flotter au sein du dôme. L'air conditionné ? Non, c'était plus que ça. Comme un grand battement régulier et harmonieux.

Il laissa tomber la console qui ne répondait pas et se dirigea vers le battement qui ne faiblissait pas. Les éclairs l'aveuglaient par moments, mais il continua sa progression vers ce qu'instinctivement il ressentait comme une présence.

— Qui est là ?

Il stoppa net sa progression.

Le battement était maintenant proche. Très proche.

Peut-être un mètre ou deux.

Mais il ne voyait toujours rien.

Il ferma les yeux. Sa vue ne lui servait à rien ici. La brume et les éclairs avaient eu raison de ce sens dont il doutait maintenant profondément de l'exactitude tant les événements lui avait donné tort.

Il tendit la main.

Sembla effleurer le vide.

Fit un pas timide en avant.

Toujours rien, si ce n'était cette brise qui maintenant caressait son visage et lui apportait une fraîcheur et une douceur qu'il n'avait pas ressenties depuis bien longtemps.

Il bougea tout doucement les doigts. Sa vue désormais déconnectée, tout son corps était tendu vers ce contact qu'il tentait d'établir... à la pointe de ses doigts.

Il chuchota :

— Qui est là ?

Mais il savait que les mots, eux aussi, étaient vains.

Alors il attendit.

Une seconde... une heure... un jour... Il ne sut jamais.

Il avança d'un dernier pas.

Et sentit sur ses épaules comme un doux manteau de réconfort, chaud et apaisant.

Il était maintenant dans ses bras. Il n'avait jamais ressenti une telle sensation de confort, de sécurité.

Maintenant, il savait.

Il savait que celui qu'il ne verrait jamais - peu importait, d'ailleurs - était là, à ses côtés, créature dont il avait toujours ignoré l'existence, « être » qu'il avait rangé au rang de mythologie...

Passée une éternité, il se sentit soudain soulevé. Il ne voulait pas ouvrir les yeux, mais il se savait maintenant à plusieurs mètres du sol.

Il montait vers le sommet du dôme.

De plus en plus vite.

Il passa le sommet du dôme.

Monta vers le toit du bâtiment militaire.

Et sortit à l'air libre.

Il se sentait comme propulsé et en même temps, fermement tenu.

Il pensa : « Je n'ai pas terminé ma mission ! Je ne peux pas quitter le centre militaire ! L'homme ne peut pas vivre comme cela, à mi-chemin entre le rêve et la réalité ! »

Il cessa soudainement de s'élever.

— *Pourquoi ? N'est-ce pas ce que vous cherchez sans fin ? Ne voulez-vous pas découvrir l'invisible ? Le toucher du doigt ? Le vivre ? Voilà que vous est présentée maintenant cette voie.*

Léo resta interdit.

L'Ange avait engagé le dialogue.

Quel était son droit à lui, d'ainsi stopper des événements que l'homme avait toujours espérés ? Il était indécis.

Quelle était la voie à suivre ?

— Aide-moi ! Tu vois bien que je ne sais plus.

— *Tu peux choisir.*

— Quelle responsabilité !

— *Écoute ton cœur.*

– Mon cœur me dit que nous sommes allés trop loin. Que nous ne sommes pas prêts à cela.

– *C'est ton choix.*

– Nous sommes allés bien trop loin. C'est un terrible accident qui s'est produit au Centre et qui n'aurait pas dû arriver. Nous avons joué les démiurges, et ce que nous avons ouvert n'est pas à notre dimension. Nous ne sommes pas prêts.

– *Tu prends donc la responsabilité d'un retour à la normale ?*

– Mais non ! Je ne peux pas assumer cette responsabilité tout seul !

– *Tu es le seul à pouvoir agir ici, Léo. Je peux t'aider à faire cesser le Chant qui inonde la planète, mais je ne peux pas prendre la décision À TA PLACE.*

– Pourquoi moi ? Pourquoi moi dans cette histoire ?

– *Je n'ai pas cette réponse, Léo. Ton cœur est désormais pur. Tu t'es débarrassé ces dernières heures de certains oripeaux qui l'encombraient et l'empêchaient de respirer. À un moment crucial, un être doit agir, et il est toujours seul. C'est comme cela que les choses ont toujours été.*

– Laisse-moi réfléchir.

– *Tu n'as plus le temps. Tu dois décider... MAINTENANT.*

Léo pensa très fort à Juliette. En faisant cesser le Chant des Anges, il la ramènerait à la réalité et il pourrait mener une vie normale avec la personne qui comptait le plus au monde pour lui.

Puis il pensa très fort à Gabrielle.
Son appel.
Sa présence.
Le Chant des Anges qui les avait rapprochés.
Elle était toute proche, il le sentait.
Mais dans quelle voie s'engageait-il ?
Gabrielle...
Ou Juliette...
Le passé...
Ou le futur...
L'amour...
Ou le fruit de leur amour...

Les cieux se couvrirent brusquement. Léo était maintenant ballotté violemment. La fin était proche.

Alors, il décida.

Bulle d'amour

Gabrielle et Juliette riaient maintenant à gorge déployée. Elles couraient comme des enfants au cœur de ce jardin aux mille senteurs, à la recherche peut-être éternelle d'une clé merveilleuse.

Enfin réunies.

Par-delà toutes les frontières physiques... dans cette bulle d'amour aux contours infinis...

Au-dessus d'elles, Lucien, l'ange gardien de Juliette, veillait.

Il souriait, lui aussi.

Il était heureux, lui aussi.

Enveloppant de ses ailes majestueuses et protectrices chacun de leurs gestes, chacune de leurs pensées, chacun de leurs élans...

Puis l'air se refroidit brusquement.

« Non. Ils ne peuvent avoir finalement décidé ça... pas maintenant... » pensa l'Ange.

Juliette se mit à pâlir. Elle ne comprenait pas très bien ce qu'il se passait. Il faisait froid. De plus en plus froid.

« Pourquoi ? »

Elle tenta de serrer plus fort Gabrielle. Mais son teint devenait diaphane. Elle perdait son éclat.

— Maman, que se passe-t-il ?

Gabrielle était apeurée. Son regard se brouilla de larmes.

— Juliette, on a décidé.

— Décidé de quoi ?

— On a décidé de faire cesser le Chant des Anges.

Le souffle de Juliette était court.

— Ne me dis pas…

La jeune femme plaqua un doigt sur sa bouche. Une larme perla sur sa joue, et elle chuchota tout doucement à l'oreille de l'enfant :

— Ne dis rien, Juliette. Ne dis plus rien… Je t'en prie, mon amour…

— Mais papa ! Où est papa ?

Juliette s'affolait. Elle voyait encore sa mère, mais ses traits s'estompaient et chaque seconde semblait l'éloigner de sa vue.

— Maman ! Tu ne peux pas partir. Pas maintenant !

— Je suis déjà partie, Juliette. Il y a trois ans. Nous avons eu ces derniers jours une chance inouïe. Tu es venue me chercher au plus profond de ton cœur, et nous avons été rassemblées par un miracle, mon amour.

Les larmes ruisselaient maintenant sur son si beau visage.

— Sache que je t'aimerai toujours, que nous ne serons jamais séparées. Que je veillerai toujours sur toi et papa, à chaque seconde de votre existence sur terre.

Elle s'éloignait, maintenant. Juliette l'entendait à peine.

— Juliette... je...

— Maman ! Maman ! Ne pars pas !

L'Ange regardait et pleurait lui aussi. Pouvait-on lutter contre tant de pureté ?

Gabrielle s'éloignait. Et Juliette sentait chaque cellule de son corps se tordre, se vriller, brûler littéralement sous le coup de la douleur et de la séparation.

« Je ne peux pas. Je ne peux pas. Je n'ai pas le droit de le faire. »

C'était contre tous les principes de l'Ange. Il ne devait pas intervenir.

— Juliette ! Juliette !

— Maman ! Mamaaaaaaaaannnnnnnnn !

Mais devant tant de douleur...

Tant de détresse...
Tant d'amour...
Il décida.

Terre des hommes

À la minute où Léo prit la décision de faire cesser la diffusion du Chant, il se sentit brutalement attiré vers le sol. Il redescendait à grande vitesse vers le bâtiment militaire. Une sorte de gangue invisible de laquelle il ne pouvait se défaire l'entourait et il ne parvenait pas à faire un geste. Loin de paniquer, il avait le sentiment que cette gangue était destinée à le protéger contre tout choc.

Et c'est ce qui se passa.

Il traversa avec un terrible fracas le toit qui était redevenu solide. Puis il transperça le dôme tel un obus et provoqua son explosion en mille morceaux. Il atterrit enfin douloureusement sur le sol et rebondit plusieurs fois avant de s'immobiliser.

Il n'avait pas une égratignure.

Passé le choc de cet atterrissage mouvementé, il se releva et constata qu'il avait retrouvé toute sa liberté de mouvement.

La brume avait disparu et par la trouée du plafond, un large pinceau de lumière éclairait la salle sous un jour nouveau. Malgré le chaos provoqué par sa chute, un parfum d'apaisement régnait désormais ici.

« Le cauchemar est terminé », se dit Léo qui n'avait maintenant qu'une envie : revoir sa petite fille.

Il n'eut aucune difficulté à trouver dans le parking du centre un véhicule et il commençait à avoir l'habitude de faire démarrer ceux-ci sans clé.

Une fois en route vers Los Angeles, il décida d'appeler son bureau avec son téléphone mobile, qu'il avait retrouvé, pour sa plus grande satisfaction, dans une des poches de son pantalon.

Cette fois-ci, il fonctionnait.

À la première sonnerie, il eut un léger pincement au cœur.

Deux autres sonneries passèrent et personne ne décrocha.

« Non, ce n'est pas possible... »

Son cœur se serra et ses mains se crispèrent sur le volant.

« Le cauchemar est terminé, le cauchemar est terminé, je suis revenu dans ma réalité, décroche, Mélanie, je t'en prie... »

Deux autres sonneries, interminables.

Puis le soulagement.

– *Bureau de Léo Landau.*

– Mélanie ! Mélanie ! C'est moi, Léo !

— *Bonjour, Monsieur, j'attendais votre appel. Tout va bien ? Quand prévoyez-vous de revenir ?*

— Je suis en route. Oui, tout va bien ici, même mieux que bien. Donnez-moi des nouvelles de Juliette.

— *Elle va bien, Monsieur. Elle s'est réveillée il y a quelques minutes. Elle vous a réclamé, je lui ai dit que vous étiez parti, mais que vous n'alliez pas tarder et elle s'est alors remise à dessiner.*

« Le cauchemar est donc bien terminé », pensa Léo.

— Vous pouvez me la passer ?

— *Oui, bien sûr. Ne quittez pas.*

Léo se sentit léger, si léger ! Il ne s'était jamais senti aussi bien.

— *Papa ?*

— Juliette, ma Juliette d'amour. Je suis si heureux de t'entendre !

— *Papa, où étais-tu ?*

— J'ai eu des petits soucis, mais tout ceci est terminé, maintenant. Je rentre à la maison et on va terminer la journée ensemble, où tu voudras. C'est d'accord ?

Léo n'eut pour toute réponse qu'un silence pesant.

— Juliette ? Tu vas bien ?

— *Je... je ne sais pas, papa.*

— Comment ça, tu ne sais pas ?

— *Non. Je ne sais pas très bien, en fait. Je me sens très bizarre, papa.*

— Tu es tombée en catalepsie, ma chérie, et tu as sombré dans un sommeil très profond, il est normal que tu aies du mal à récupérer.

— Ah bon ? Mais je n'ai pas l'impression d'avoir dormi, moi. C'est vraiment très bizarre.

— Je suis là d'ici une heure ou deux tout au plus, ma chérie. S'il le faut, on ira voir un médecin.

— Mais je ne me sens pas malade, papa, vraiment. Non, c'est comme si quelque chose de très important s'était passé et que j'étais différente d'avant.

Un frisson parcourut Léo.

« Quels dégâts a donc pu provoquer le Chant ? »

— Je fais tout mon possible pour arriver au plus vite au bureau, ma chérie. On pourra passer toute la journée ensemble, si tu le veux.

— Bravo, papa ! Ca valait le coup de tomber en « calatepsy », vraiment ! Dépêche-toi !

Juliette regarda pensivement par la grande baie vitrée du bureau de son père. Le ciel était très clair aujourd'hui, et pas un nuage ne venait troubler l'horizon. Elle se mit à rêvasser quelques minutes, puis entreprit de reprendre le dessin qu'elle avait entamé à son réveil.

Un dessin qui paraissait avoir sa vie propre tant il regorgeait de détails.

Le dessin d'un jardin merveilleux.

Aux mille senteurs.

Au centre duquel se tenait un magnifique olivier.

Et où couraient à en perdre haleine et à gorge déployée,

sous la protection de myriades de papillons blancs,

une enfant et sa mère.

Ici.
Là-bas.

Juliette,

Par-delà le temps et l'espace se trouve toujours le jardin aux mille senteurs.

Finalement préservé.

Ainsi en a décidé Lucien, ton ange gardien.

Pour combien de temps ?

Le temps qu'il me faudra peut-être pour t'apprendre à affronter la folie des hommes.

Tu m'y trouveras sous l'olivier
à chaque fois que tu auras besoin de moi.

Tu sais comment m'y rejoindre.

Ton cœur est ton meilleur guide.

Je t'en prie, cesse d'importuner ton père avec nos retrouvailles.

Il doit maintenant aller de l'avant avec ce qu'il a appris.

Il devrait désormais t'accorder plus de temps.

J'en suis certaine.

Ta maman qui t'aime.
Gabrielle

Remerciements

À mes parents et à mon frère pour leur soutien sans faille dans toutes mes entreprises.

À Anne et Ève, vous avez été mes premières lectrices et vos retours m'ont été très précieux.

À Vanessa, sans notre rencontre, cette histoire dormirait aujourd'hui au fin fond d'un tiroir.

À Nils, Pierre, Xavier, Florence, Juliette et tous les amis qui ont suivi mes débuts et m'ont donné du courage pour cette étonnante aventure.

À Lorraine, vos notes de lecture m'ont donné bien du fil à retordre, mais m'ont permis d'aller beaucoup plus loin que je ne l'aurais imaginé.

À Christophe, merci pour votre confiance.

Couverture
Joséphine Cormier
Sylvain Kaslin

Timée Éditions
66, rue Escudier – 92100 Boulogne – France
www.timee-editions.com

Imprimé en France sur les presses d'Imprimerie Nouvelle
45800 Saint-Jean de Braye

Dépôt légal : novembre 2009
ISBN : 978-235-401-228-1